U0015409

御伽草紙

Otogizoshi

太宰治——著

劉子倩——譯

目次

輯一　御伽草紙[1]

楔子

「啊，響了。」

父親說著，放下筆站起來。區區警報還不至於驚動他，但高射炮一響，就得停下工作，給五歲的女兒戴上防空頭巾，抱著女兒衝進防空洞。妻子早已揹著二歲的兒子蹲在防空洞深處。

「轟炸地點好像離這裡很近。」

「對。這個防空洞好小。」

「會嗎。」父親略有不滿，「我倒覺得這個大小恰恰好。如果洞太深，有慘遭活埋的危險。」

「可是，起碼可以再寬敞一點吧。」

「嗯，是沒錯啦，但現在土都凍結實了，很難挖。改天吧。」他含糊其辭，讓妻子閉嘴，豎耳傾聽收音機的防空情報。

做母親的抱怨告一段落後，輪到五歲的女兒開始吵著要離開防空洞。安撫女兒的唯一法寶就是故事書。父親會念〈桃太郎〉、〈喀嚓喀嚓山〉、〈剪舌麻雀〉、〈摘瘤爺爺〉、〈浦島先生〉這些故事給孩子聽。

這個父親的服裝寒酸，容貌也看似愚鈍，但他可不是普通人物。他深諳創作故事這個非常奇異的技術。

很久很久以前——

當他用古怪的音調慢吞吞朗讀故事書之際，在他心中，已自行醞釀出另一個故事了。

1 御伽草紙，御伽是「御伽話」，指寓言、童話。草紙亦稱「草子」，指大眾讀物、話本。

摘瘤爺爺

很久很久以前
據說有個老爺爺
右臉長著礙眼的瘤子

故事中這個老爺爺，住在四國地區阿波的劍山山腳下。但這純屬直覺印象，並無任何根據。追本溯源，〈摘瘤爺爺〉的故事最早應是出自《宇治拾遺物語》，但在防空洞中不可能找出原典仔細推敲。不只是這個〈摘瘤爺爺〉的故事，下一篇我想寫的〈浦島先生〉的故事亦然，先有《日本書紀》明確記載這段事實，其次《萬葉集》也有吟詠浦島的長歌，除此之外，根據《丹後風土記》及《本朝神仙傳》等書的記載，似乎也有類似的傳說，甚至最近還有鷗外[1]的戲曲，逍遙[2]好像也根據這故事編過舞曲。總之，從能樂、歌舞伎乃至藝妓的手舞，處處可見這個浦島先生出現。我這人有個毛病，看過的書習慣立刻送人或賣掉，從來沒有所謂的藏書，所以像這種時候，只能根據模糊的記憶，四處搜尋印象中曾經看過的書，然而以目前的狀況，想找書恐怕都難。此刻我正蹲在防空洞中，而且膝上只有一本給小孩看的故事書。如今我大概只能放棄對故事的考證，單憑自己的幻想去發展情節。不，或許這樣反而能夠創作出更加生動有趣的故事——如此這般做出貌似死鴨子嘴硬的自問自答後，於是，這個身為人父的奇妙人物，就蹲在防空洞一隅，一邊朗讀故事書：「很久很久以前……」一邊在心裡描繪出和故事書中的內容截然不同的嶄新故事。

這位老爺爺很愛喝酒。愛喝酒的人在家中多半孤獨。究竟是因為孤獨才喝酒，還是因為愛喝酒遭到家人嫌棄自然而然變得孤獨，這想必就像雙手啪地一拍，卻要確定是哪隻手掌在響一樣，終究流於穿鑿附會。總而言之，這位老爺爺在家裡總是悶悶不樂。不過，這個老爺爺的家庭倒也不是甚麼不幸的家庭。老婆婆仍健在。雖

---

1 森鷗外（一八六二—一九二二），明治、大正時期的小說家。一九〇二年創作戲曲《玉匣兩浦島》。

2 坪內逍遙（一八五九—一九三五），小說家、評論家兼劇作家。一九〇四年創作音樂劇《新曲浦島》。

已年近古稀，但是腰不彎，眼不花。以前據說還是個美人。老婆婆打從年輕時就很沉默，每天只是認真地忙著做家事。

「已經是春天了呢。櫻花都開了。」即便老爺爺興奮地這麼說，老婆婆也只是冷淡地回一句「是嗎」，接著就說：「你讓開一下。我要打掃這裡。」

老爺爺愀然不樂。

另外，老爺爺還有個兒子，如今年近四十，是世間少有的品行端正，不抽菸不喝酒，不僅如此，甚至不笑不怒，從未開懷展顏，每日只是默默務農，附近鄰居見到他皆不由感到敬畏。阿波聖人的名聲遠揚，他不娶妻不剃鬚，甚至令人懷疑是木頭石人。到頭來，不得不說這個老爺爺的家庭實在是個模範家庭。

然而，老爺爺總覺得悶悶不樂。而且雖然顧忌家人，還是忍不住想藉酒澆愁。但是在家喝酒只會愁上加愁。老婆婆以及兒子這個阿波聖人，就算看到老爺爺喝酒也不會斥責。老爺爺晚餐時自己喝口小酒，母子倆就在一旁默默吃飯。

「對了，說起來，」老爺爺有點醉意了，就想找人聊天，開始講廢話。「眼看都已是春天了。燕子也飛來了。」

這種話說了等於沒說。

老婆婆和兒子都不作聲。

「春宵一刻值千金，是吧。」老爺爺又嘀咕了一句廢話。

「我吃飽了請慢用。」阿波聖人吃完飯，對著餐盤恭敬一鞠躬後站起來。

「我也該吃飯了。」老爺爺悲哀地放下酒杯。

如果在家喝酒，多半是這種局面。

某日，一早就天氣晴朗

老爺爺上山去砍柴

這位老爺爺唯一的樂趣，就是天氣晴朗時，腰上掛著葫蘆，爬到劍山上撿柴火。撿柴火撿累了，就大剌剌盤腿坐在岩石上，雄糾糾氣昂昂地乾咳一聲，讚嘆「風景真不錯啊」，然後慢條斯理摘下腰間的葫蘆喝酒。這時他的表情非常快樂，和在家中時判若兩人。唯一不變的，只有右臉頰那顆大瘤子。這顆瘤子，是大約二十年前，老爺爺剛過五十歲的那年秋天，忽感右臉發熱發癢，之後臉頰漸漸腫脹，摸著摸著竟越變越大，老爺爺落寞地笑言，「這下子多了個乖孫子。」

但聖人兒子一本正經說出掃興的話：「臉頰不可能生出孩子。」

老婆婆也只是板著臉問了一句：「應該不會有生命危險吧？」除此之外對那顆肉瘤沒有表示任何關心。

反而是鄰居們很同情老爺爺，紛紛慰問他：怎麼會長出那種瘤子呢，痛不痛啊，一定覺得很礙事吧。不過，老爺爺一概笑著搖頭。不僅不會礙事，老爺爺現在當真把這顆瘤子當成可愛的孫子，視為告慰自己孤獨的唯一伴侶，早上起來洗臉時，還會特別仔細地拿清水洗淨這顆瘤子。像今天這樣獨自上山喝酒心情大好時，這顆瘤子尤其成了老爺爺不可或缺的說話對象。他在岩石上盤腿而坐，一邊喝葫蘆中的酒，一邊摸著臉上的瘤子說，

「沒事，根本沒啥好怕的。用不著顧忌他們。人都該大醉一場。正經也該有個限度嘛。阿波聖人真是令人惶恐。失敬失敬。人家可是了不起得很呢。」他對著瘤子嘟囔某人的壞話，然後又高聲乾咳一下。

這時天色突然變暗

開始狂風大作

大雨也嘩啦嘩啦落下

春天很少出現這種午後驟雨。不過，在劍山這樣的高山，這種天氣變化也得視為尋常。山間頓時煙雨濛濛，雉雞與山鳥從各處拍翅飛起，迅如箭矢地躲入林中避雨。老爺爺不慌不忙，笑嘻嘻說，

「雨水打在這瘤子上怪清涼的，感覺也不錯。」

他就這樣繼續在岩石上盤腿坐了一會眺望雨景，但雨勢越來越大，始終不見停止的跡象，

「這可不妙。太過清涼開始冷了。」他說著起身打個大噴嚏，連忙揹起撿來的柴火匆匆走入林中。林子裡擠滿了躲雨的鳥獸。

「借過，不好意思。讓一讓，抱歉。」

老爺爺對著猴子、兔子、山鴿一一愉快地打招呼，走進林子深處，鑽進巨大的

山櫻樹根下方的空洞，

「唷，這倒是個好地方。各位不如也進來吧。」他朝兔子們喊道，「這個空間沒有高貴的老太太也沒有聖人，所以不用客氣，請進來吧。」他說著異常亢奮，之後就小聲打起呼嚕睡著了。喝酒的人醉了總會講廢話，不過，基本上都是這樣無傷大雅。

等待雨停之際
疲倦的老爺爺
不知不覺睡著了
山間放晴後，萬里無雲
明亮的月亮出來了

這晚的月亮，是春天的下弦月。或可用淺綠色形容的天空澄淨如水，浮現一彎月亮，林中也有月影如松葉灑落滿地。可是老爺爺還在呼呼大睡。蝙蝠拍翅飛出樹

洞。老爺爺這才驀然驚醒，發現已經入夜，不禁大吃一驚，

「這下糟了。」

他說，眼前霎時浮現的，是老婆婆正經的臉孔，以及聖人兒子莊嚴的臉孔。唉，這下子麻煩了，那對母子雖然從未罵過我，可是這麼晚回去，八成會弄得很尷尬。唉，酒也喝光了嗎？他搖晃葫蘆，底部隱約發出水聲。

「還有啊！」他當下士氣大振，喝得一滴也不剩，已有微醺醉意，「啊，月亮出來了。春宵一刻——」他咕噥著廢話，從樹洞爬出來，赫然發現，

咦，甚麼聲音這麼吵鬧

定睛一看，真不可思議，是在作夢嗎

看哪。林子深處的草原上，出現簡直不像人間該有的奇妙景象。鬼這種東西是甚麼樣子我並不知道，因為我沒見過。雖然那樣的圖畫從小就看過太多已經看膩了，但迄今尚無榮幸見到真正的鬼。鬼好像也分很多種。從人們把可恨的人物稱為

殺人鬼、吸血鬼看來，鬼顯然是一種邪惡醜陋的生物，可是另一方面，報紙的新書介紹欄也會出現「文壇鬼才某某老師的傑作」這類文案，令人倍感困惑。總不可能是要暴露某某老師擁有像鬼一樣邪惡醜陋的才華，打算藉此警告世人，才在新書介紹欄用上「鬼才」這個可疑的奇妙字眼吧。最誇張的甚至用「文學之鬼」這種超級無禮的字眼獻給某某老師，我以為這樣不管怎麼說某某老師都會生氣吧，結果好像也沒有，那位某某老師即便被冠上這麼沒禮貌的邪惡綽號，似乎也頗有幾分自得，聽說老師本人也默許這個奇怪的稱號，愚昧如我，這下子更加困惑了。印象中那種腰間圍著虎皮短裙、手持粗大鐵棒的紅臉鬼怪，居然是諸般藝術之神？我實在難以想像。「鬼才」、「文學之鬼」這類費解的名詞，還是少用為妙吧？對此我一直抱著這種愚見，不過，那或許只是我自己孤陋寡聞，不了解鬼也有各種類別罷了。關於這個問題，如果稍微翻閱一下日本百科辭典，我大概也能立刻搖身變成老弱婦孺尊敬的博學之士（世間所謂的博學者多半是這麼回事），煞有介事地針對鬼怪侃侃而談。可惜我現在蹲在防空洞中，而且膝上只有一本哄小孩的故事書。我只能根據這本故事書的插圖論斷。

看哪。林子深處還算遼闊的草原上，那該說是十幾人還是十幾隻呢——總之那群奇形怪狀的巨大生物，分明穿著虎皮短裙渾身通紅，圍成圓圈席地而坐，正在月下大開宴席。

老爺爺起初嚇了一跳，不過，嗜酒的人沒喝酒時雖然膽小如鼠毫不中用，喝醉的時候反而會展現格外大膽的氣魄。老爺爺此刻已經微醺，既不怕那個嚴肅的老太太也不怕品行端正的聖人，變得相當勇敢。即便看到眼前怪異的景象，也沒有露出嚇得腿軟的醜態。他仍保持爬出樹洞的姿勢，仔細審視前方怪異的酒宴，

「他們看起來醉得很痛快。」他嘀咕，不知怎地從心底深處湧現莫名的喜悅。嗜酒的人即便看旁人喝醉，似乎也會萌生某種喜悅。想必不是所謂的利己主義者。換言之，或許類似為鄰居的幸福舉杯慶祝的博愛心態。自己固然也想喝醉，但鄰居若能一起愉快地喝醉，那種喜悅似乎倍增。

老爺爺當然也不是傻子。他當下直覺，眼前這些不知是人還是動物的巨大紅皮生物，就是鬼這種可怕的種族。單看他們身上的虎皮短裙，應該就八九不離十。但這些鬼此刻已醉得樂陶陶。老爺爺也醉了。這下子自然會萌生一種親切感。老爺爺

保持四肢趴在地上的姿態，還在眺望月下的怪異酒宴。雖說都是鬼，但眼前這群鬼，並非殺人鬼、吸血鬼那樣惡質的種族，雖然臉膛通紅怪嚇人的，但在老爺爺看來，似乎是非常活潑天真的鬼。老爺爺這個判斷，基本上是正確的。換言之，這些鬼應該稱為劍山隱士，是性格頗為溫和的鬼，和地獄的惡鬼是截然不同的種類。先不說別的，首先他們就沒有拿鐵棒那種危險武器。換言之，這足以證明他們沒有害人之心。不過，雖說是隱士，但他們並非像竹林七賢那樣擁有淵博知識卻無處發揮只好躲進竹林，這群劍山隱士的心智甚為愚鈍。我曾聽過一個極為簡單明瞭的說法，據說「仙」這個字寫成山之人，所以不管怎樣只要住在深山之人便可稱為仙人。若按照這個說法，這群劍山隱士雖然心智愚鈍，或許的確該送上仙人的尊稱。總之，此刻這群正在月下大開宴席的紅色巨大生物，與其稱為鬼，毋寧該稱為隱士或仙人更妥當。

關於他們的愚鈍前面已經提過了，但是觀其酒宴，只是無意義地怪叫，拍膝大笑，或者站起來沒頭沒腦胡蹦亂跳，或者蜷起巨大的身子從圓圈這頭滾到另一頭，那似乎就是他們的舞蹈，所以智商程度可想而知，實在太沒有表演天分了。單看這一點，似乎也足以證明鬼才、文學之鬼這類名詞簡直毫無意義。這麼愚蠢的拙劣表演者，居然是藝術之神？我實在難以想像。老爺爺也對這低能的舞蹈表演很傻眼，忍不住自個兒吃吃笑，

「我的天啊，跳得也太爛了吧。不如讓我來表演一下手舞。」他咕噥。

老爺爺本就愛跳舞
立刻跳起來翩翩起舞
臉上的瘤子左搖右晃
看起來滑稽又有趣

老爺爺仗著微醺勇氣大增。而且對鬼也抱著親切感，因此毫不畏懼地跳入圓圈中央，開始跳他拿手的阿波舞，

要梳姑娘髻阿婆戴假髮

挽袖綁紅繩也難免遲疑
新娘不如也戴斗笠來呀來

老爺爺用美妙的歌聲唱著阿波民謠。逗得那些鬼開心極了，哇哇咯咯地發出怪聲，流出口水和眼淚笑得東倒西歪。老爺爺益發得意，

經過大谷滿地是石頭
經過笹山遍野是竹子

這時他扯高嗓門唱得更起勁，開始輕快地舞蹈。

鬼怪們非常高興
請他月夜務必再來
繼續跳舞給大家看

作為約定的證明
必須留下重要信物

鬼怪們如此提出要求後，交頭接耳地小聲商量，總覺得老爺爺臉上那顆瘤子光滑發亮，似是非凡寶物，如果把那個扣留下來，老爺爺肯定還會再來。他們做出這個愚蠢的推測後，當下摘下老爺爺的瘤子。他們雖然無知，但是因為長年住在深山中，或許學會了類似仙術的東西，輕而易舉就摘下瘤子。

老爺爺很吃驚，

「啊，那個可不能拿走。那是我孫子。」他這麼一說，鬼怪們益發得意地歡呼。

天亮了，山路閃爍露珠
被摘掉瘤子的老爺爺
一臉失落地摸著臉頰
下山回家去了

瘤子對孤獨的老爺爺而言是唯一的說話對象，因此那個瘤子被拿掉後，老爺爺有點寂寞。不過，當晨風撫過變得輕盈的臉頰，感覺倒也不壞。結果不僅是不得不失，好壞相抵，甚至可以說難得有機會盡情歌舞倒是自己占便宜得到了好處？他一邊這麼樂天地想著一邊下山，途中正巧遇到出門務農的聖人兒子。

「您早。」聖人摘下頭巾莊重地道早安。

「噢。」老爺爺只是含糊以對。父子倆就此別過。看到老爺爺的瘤子在一夜之間消失，即便是聖人想必內心也嚇了一跳，但他認為對父母的外貌妄加批評有違聖人之道，所以假裝沒看到就此默默走開。

回到家後，老婆婆冷靜地說，「你回來了。」完全沒問他昨晚一整夜上哪去了，低聲嘀咕一句「味噌湯已經冷了」，就開始替老爺爺準備早餐。

「不，冷了也沒關係。不用加熱了。」老爺爺的態度異樣客氣，拘謹地坐下來吃早餐。吃著老婆婆替他裝的飯，他心裡其實很想說出昨晚不可思議的遭遇。但他被老婆婆儼然不可侵犯的態度鎮住，話卡在喉頭就是說不出來，只好低頭落寞地吃飯。

「你的瘤子好像消下去了。」老婆婆冷不防說。

「嗯。」他已經甚麼都不想說了。

「破了有流出水吧？」老婆婆若無其事說，一臉淡漠。

「嗯。」

「等到裡面又積水，還會腫起來吧。」

「大概吧。」

結果，這個老爺爺的家人，對於瘤子沒有任何疑問。可是老爺爺的鄰居之中，也有一個左臉長了瘤子的老爺爺。而且這個老爺爺是真的嫌棄左臉的瘤子很礙眼，「都是這個瘤子害我不能出人頭地，都是這個瘤子讓我不知被人怎麼嘲笑……」他一天要這樣對著鏡子長吁短嘆好幾次，還刻意蓄鬍企圖用鬍子遮蓋那顆瘤子，可悲的是，瘤子的頂端如旭日躍出白鬍海浪之間，反而呈現一種天下奇觀。這個老爺爺的外型本來還不錯。身材高大，鼻子也大，眼光銳利。言行舉止很穩重，看起來似乎深謀遠慮。服裝也相當氣派，而且好像也頗有學問，至於財產，據說更是富有得令那個嗜酒的老爺爺望塵莫及，鄰居都對這個老爺爺另眼相看，奉上「老爺」或

「先生」這種尊稱，堪稱各方面都完美的人生贏家，唯獨左臉頰那個礙眼的瘤子，讓他不分日夜鬱鬱寡歡。這個老爺爺的妻子非常年輕，才三十六歲。雖非大美人但是白皙豐滿，總是活潑開朗笑嘻嘻的甚至有點風騷。他們還有個十二、三歲的女兒，倒是頗有姿色的美少女，但個性有點高傲。不過，這對母女感情特別好，動輒互相嬉笑玩鬧，因此這個家庭雖然男主人總是愁眉苦臉，基本上還是給人開朗的印象。

「媽，爹的肉瘤為什麼那麼紅？很像章魚的腦袋呢。」

人小鬼大的女兒，毫不客氣說出率直的感想。母親也沒罵她，呵呵笑著說，

「是啊。不過，我覺得也很像臉頰吊掛著木魚。」

「吵死了！」丈夫憤憤瞪視妻女，猛然起身回到昏暗的裡屋，悄悄對鏡一照，當下很失望，

「這樣沒救了。」他嘟囔。

索性拿小刀切掉算了，死了也無妨！就在他這樣鑽牛角尖時，偶然聽說附近那個嗜酒老爺爺的瘤子最近忽然消失了。於是他趁著夜色拜訪嗜酒老爺爺的草屋，得

知那場月下的奇妙宴會。

他聽完之後非常高興
「很好很好，那我也要請他們
替我摘掉這個大瘤子」

他頓時雄心萬丈。正好那晚也有月亮。他就像上戰場的武士般目光炯炯，嘴巴緊抿成ㄟ字型，決心今晚跳一場厲害的舞蹈，讓那些鬼怪心悅臣服，萬一他們不肯臣服，那就拿這把鐵扇把他們都殺了，只不過是一群喝醉酒的笨鬼，能有多大的事！不管是要去跳舞給鬼看還是去打鬼，總之他意氣昂揚地右手拿著鐵扇，抬頭挺胸走進劍山深處。這種陷入所謂「傑作意識」迷思的表演，往往成果特別難看。這位老爺爺的舞蹈，也因為他過於求好心切，導致徹底失敗。

老爺爺肅然走進鬼怪們圍成一圈的酒宴中央後，說聲「老朽獻醜了」，他行個禮，唰拉一下打開鐵扇，猛然抬頭望月，如大樹般凝然不動。過了一會，他輕輕跺一下腳，拉長音調開始吟詠：「某僧侶於阿波鳴門度過一夏兮，思及此灣乃平家一門葬身之地深感痛惜，每夜至海邊誦經超渡兮。來到磯山，暫待巨岩之下，暫待巨岩之下，誰駕夜舟逐白波，鳴門只聞搖槳聲，今宵風平浪靜乎，今宵風平浪靜乎。昨日已逝，今日苟活，明日亦復如此兮。」[3]然後緩緩動了一下身子，又抬頭望月端凝不動。

群鬼為之啞然
之後逐一起身
逃入山中

「請等一下！」老爺爺發出悲痛的吶喊追在鬼怪後頭，「你們可不能現在就溜走。」

「快逃啊、快逃啊。他說不定是鍾馗。」

「不，我不是鍾馗。」老爺這時拼命追上去，「拜託拜託。請幫我拿掉這個瘤子。」

「甚麼？瘤子？」鬼怪驚慌失措因此聽錯了，「原來是這樣啊。那是上次那個老爺爺託我們保管的重要物品，不過，既然你這麼想要，給你也可以。總之，拜託你別再跳那個舞了。好不容易喝醉都被你嚇醒了。求求你。放過我們。我們現在還得換個地方重新喝酒。拜託。求你放過我們吧。欸，來人哪，你們誰去把上次那個瘤子還給這個怪人。他好像很想要。」

鬼把上次保管的瘤子
黏到他的右臉頰
哎呀，瘤子變成二顆
晃來晃去很沉重
老爺爺感到很丟臉

3 出自能樂謠曲〈通盛〉，描述《平家物語》的故事，原作為井阿彌，後由世阿彌改寫。

這個結果實在令人同情。在童話故事中，做壞事的人最後通常惡有惡報，但這位老爺爺並沒有做壞事。他只不過是緊張過度，跳舞變得荒腔走板而已吧？話說回來，這位老爺爺的家中也沒有壞人。還有那位嗜酒的老爺爺和他的家人，乃至住在劍山的鬼怪，都沒有做任何壞事。換言之，這個故事裡沒有絲毫所謂「不正當」的事件，卻還是出現不幸的人。因此，若要從這個〈摘瘤爺爺〉的故事汲取日常倫理的教訓，會變得非常棘手。沒耐性的讀者看到這裡或許要質問我：「既然如此，你為什麼要寫這個故事呢？」

對此我恐怕只能這麼回答：

這是所謂性格的悲喜劇。人類生活的底層，總是流動著這個問題。

浦島先生

浦島太郎這個人，據說在丹後的水江這個地方確有其人。說到丹後，那是現在京都府的北部。就在那北海岸的某個貧寒村落，據說迄今仍有祭祀浦島太郎的神社。我雖未去過那一帶，但聽說似乎是異常荒涼的海邊。我們的主角浦島太郎就住在那裡。當然，他並非獨居。他有父有母，也有弟妹。家中也有僕從成群。換言之，他是這海岸知名的世家望族的長子。所謂的世家長子，無論古今似乎都有一個特徵。簡而言之，就是喜歡玩樂。講得好聽點是風流倜儻。講得難聽是紈絝。不過，就算是紈絝子弟，也和貪戀女色或嗜酒如命那種放蕩大異其趣。那種下流地酗酒或勾搭素行不良的女人，令父母手足臉上無光的荒淫放蕩之徒，似乎多半是家中的次子或三子。長子沒有那麼野蠻，因為有祖先傳下來的恆產，自然也生出所謂的恆心，通常相當循規蹈矩。換言之，長子的消遣，不像老二老三酗酒那麼荒唐，只不過是偶一為之的消遣。而且若能藉由那種消遣讓人認同自己確有世家長子應有的優雅，自己也能對那種生活品味樂在其中，就已一切心滿意足了。

「哥哥缺乏冒險心，不行哪。」今年十六歲的活潑妹妹說。「太小家子氣了。」

「不對，不是那樣。」十八歲的粗魯弟弟反駁，「哥哥是太在乎美男子的面子了。」

這個弟弟膚色黝黑，長得很醜。

浦島太郎即便聽到弟妹這樣毫不客氣的批評也不生氣，只是苦笑，「讓好奇心爆發是一種冒險，壓抑好奇心同樣也是冒險，無論哪一種都很危險。人生自有所謂的宿命。」他用頓悟似的口吻說出莫名其妙的感言，雙手背在身後獨自離家，在海岸四處漫步，同時還不忘隨口吟誦「海人釣船亂，遠看似刈菰」[1]這類風雅詩句。

「人為何非得互相批評才能活下去呢？」他針對這個素樸的疑問灑脫地搖頭思索，「沙灘上的胡枝子花，爬行的小螃蟹，在海灣休憩的大雁，都不會批評我。人也該如此。每人各有生存方式。難道就不能互相尊重彼此的生存方式嗎？我明明努力不給任何人添麻煩，過著優雅的生活，別人卻要說三道四。煩死了。」他幽幽嘆息。

1 出自《萬葉集》，作者為柿本人麻呂。此句描寫夏秋之交旅行時看到的海景，意思是「看那海面漁船點點，似剛收割的茭白筍散落」。

「喂、喂，浦島先生。」這時，腳下有個小小的聲音說。

這就是那隻問題烏龜。在此作者不是要賣弄知識，只是烏龜也分很多種。有淡水的，也有鹹水的，外型似乎也各不相同。懶洋洋趴在弁天[2]神社的池畔曬太陽的那種龜好像叫做石龜，繪本中也經常出現浦島先生坐在石龜的背上，伸出小手遮眉遠眺龍宮的畫面，但那種烏龜一進入海中八成會立刻被鹹水嗆死。不過，婚禮慶典時的裝飾台上，和白鶴一起隨侍在蓬萊仙翁仙姥的身邊，如俗諺所云「鶴齡千年龜萬年」被視為長壽吉兆的，好像就是這種石龜，倒是很少看到鱉或玳瑁趴在裝飾台上。也難怪繪本作家會認定浦島先生的帶路者就是這種石龜了（蓬萊仙山和龍宮是差不多的場所）。然而，要用那長有尖爪的醜陋小手划水潛入海底深處，似乎不太自然。還是得用玳瑁那樣寬闊鰭狀的手掌悠然划水才對味。可是——不，作者絕非要賣弄知識，但這裡還有一個傷腦筋的問題。在我國，玳瑁的產地據說是在小笠原、琉球、台灣等南方地區。至於丹後的北海岸，也就是日本海邊的沙灘上，很遺憾，不可能有玳瑁爬上岸。那麼，乾脆把浦島設定為小笠原或琉球人吧？可是浦島先生似乎自古以來就被認定是丹後水江人，而且丹後的北海岸據說現在還有浦島神社，因此就算童話故事肯定是虛擬的，基於尊重日本歷史的理由，還是不能隨便竄改。無論如何都只能把生活在小笠原或琉球的玳瑁大老遠請到日本海這邊。可是如果因此讓生物學家又提出抗議，輕蔑地說文學家就是欠缺科學精神，這亦非作者所願。於是我就動腦筋了。除了玳瑁之外，難道就沒有其他鰭狀手掌的鹹水龜嗎？不是還有所謂的赤海龜嗎？大約十年前（我也老了呢）我曾在沼津[3]海邊的旅館度過一個夏天，當時，那個海邊有龜殼直徑近一點五米的海龜爬上岸，引起漁夫一陣騷動，我也親眼看見了。我記得那種龜就叫做赤海龜。就是那個！就用牠吧。既然牠能爬上沼津海灘，就算繞一圈跑到日本海，爬上丹後的海灘，應該也不至於引起生物學界的軒然大波。如果還是有人拿洋流云云來找碴，那就不關我的事了。乾脆兩手一攤無辜地撇清說，「之所以會在不該出現的地方出現，是不可思議的神祕現象，那肯定不是普通海龜。」所謂的科學精神，其實也不太靠得住。定理、公理不都是假說嗎？有甚麼好囂張的。話說回來，那隻赤海龜（赤海龜這個名稱很繞口，

2 弁天，七福神中的弁才天女神的簡稱。此處應是指東京赤羽附近的龜池弁天。

3 沼津，位於靜岡縣東部，地處伊豆半島的根部，面臨駿河灣。

所以以下一律稱為烏龜）伸長脖子仰望浦島先生，

「喂喂喂。」牠喊道，「也難怪啦。我懂你的心情。」牠說。

浦島很驚訝，

「怎麼會是你，你不是上次我救的烏龜嗎？怎麼還在這種地方閒晃？」

換句話說，牠就是上次浦島看見小孩戲耍烏龜，覺得可憐，於是買下放回海裡的那隻烏龜。

「甚麼叫做在這閒晃，你講話也太無情了吧。我會恨你喔，少爺。別看我這樣，我可是為了報答你的恩情，從那時起就天天來這海灘等你出現。」

「那你太莽撞了。或者該說是沒腦子。萬一又被小孩發現怎麼辦？這次他們可不會讓你活著回去。」

「你幹嘛這麼矯情。反正我如果又被人抓到了，就請少爺你再把我買回去。很抱歉喔我就是這麼莽撞。因為我無論如何都想再見你一面，自己也控制不了。這種無法自制，就是喜歡上一個人時的弱點。你起碼該肯定我這番心意。」

浦島苦笑，

「真是任性的傢伙。」他嘀咕。

烏龜耳尖地聽見，

「奇怪欸，大少爺，你自相矛盾喔。剛才你明明說討厭被人批評，結果你自己還不是一直批評我莽撞、沒腦子，現在又批評我任性。我看你才任性。我自有我的生存方式。你應該稍微尊重一下。」烏龜漂亮地反擊。

浦島面紅耳赤，

「我這不是批評，是勸誡。或許也可說是諷諫。諷諫，意思就是忠言逆耳卻利於行。」他一本正經地唬弄烏龜。

「如果你不要那麼矯情倒是個好人。」烏龜小聲說，「算了，我甚麼也不說了。請你坐到我的龜殼上。」

浦島目瞪口呆，

「你又在胡說甚麼。我討厭那種野蠻行為。坐在龜殼上？那簡直是瘋了，絕非風雅的作派。」

「是甚麼都不重要吧。總之我只是想帶你去龍宮城一遊，報答你日前的救命之恩。你快坐到我背上吧。」

「甚麼，龍宮？」浦島噗哧笑出來，「別鬧了。你該不會是喝醉了吧。居然講出這麼荒唐的話。龍宮雖然自古以來就被人歌詠，也被當成神仙奇談口耳相傳，但是實際上並不存在，你懂嗎？那可以說是我們風雅人士的憧憬與嚮往。」他的口吻太優雅，變得有點做作。

這次是烏龜噗哧笑出來。

「受不了。關於風雅這門學問，待會再聽你慢慢發表高見，總之你先相信我，坐上我的龜殼。你錯就錯在不懂冒險的滋味。」

「咦，你怎麼跟我妹妹講出同樣沒禮貌的話。我的確不太喜歡所謂的冒險。打個比方，那就像雜耍特技。看似花俏，但終究流於低俗。或也可稱為邪門歪道。缺乏對宿命的豁達，沒有傳統的素養，堪稱是無知者無畏，令我等正統風雅人士蹙眉。或許也可說我輕蔑那種人。我只想筆直走先人的平穩大道。」

「噗！」烏龜再次憋不住笑出來，「我看那種先人的大道才是冒險之路吧。不，都是因為用冒險這種低俗的字眼才會讓人聯想到血腥、不衛生的無賴漢，不如改稱為相信的力量吧。唯有相信山谷那頭的確有美麗花朵綻放的人，才會毫不猶豫地抓著藤蔓努力去那一頭。人們以為那是雜耍表演，或者報以喝采，或者蹙眉認定是譁眾取寵。但那絕對和特技演員高空走鋼索不同。抓住藤蔓攀爬山谷的人，只是想看山谷那頭的花朵。完全沒有『自己此刻在冒險』這種鄙俗的虛榮心。冒險有甚麼好自傲的？荒唐！那純粹是因為心中有信念，堅信有花朵綻放，只不過是姑且將之稱為冒險罷了。你沒有冒險心，就等於你沒有相信的能力。相信很低俗嗎？相信是邪門歪道嗎？你們這種紳士好像還很驕傲自己不會隨便相信，所以才難搞。那並不代表你們頭腦聰明喔。那其實更卑劣。那叫做吝嗇。證明你滿腦子只是斤斤計較自己會不會吃虧。請放心。誰也不會向你勒索任何東西，因為你們連別人的好意都不懂得坦誠接受，你們怕之後必須回報對方。唉，風雅人士好像就是小氣。」

「你講話真過分。我在家被弟妹挖苦，來到海邊，連自己救過的烏龜都對我做出同樣失禮的批評。看來你們這種對自身肩負傳統的驕傲毫無自覺的傢伙，就是喜歡信口開河。這大概算是一種自暴自棄吧。我可是非常清楚。本來我不該說這種話，但你們的宿命和我的宿命，有很大的階級差別。打從出生時就已不同。這不是我造成的，是上天賦予。不過，你們好像對這點格外不甘心。說來說去非要把我的宿命拉低到你們的宿命層級，但天意不是人力所能左右。你吹牛說要帶我去龍宮，似乎企圖和我平起平坐，不過無所謂，反正我已經全都明白了，你就別再死要面子硬撐，趕快回去海底的家吧。否則枉費我好心救你，萬一你又被小孩捉去豈非讓我白忙一場。我看你們才是不懂得如何坦誠接受別人的好意。」

「嘿嘿！」烏龜囂張地笑了，「你那句『枉費我好心救你』真是令我惶恐。紳士就是這樣才討厭。把自己對別人行善當成天大的美德，而且內心明明有點期待對方報答，卻對別人的好意異常警戒，認定不可能和對方平等來往，真的讓人很失望。那我也直說了，你之所以救我，是因為我是烏龜，而且欺負我的人是小孩子吧？就算你介入烏龜和小孩之間調停，事後也不會惹麻煩。況且，對小孩來說五文錢就已經是鉅款了。不過，五文錢還是打折之後的價錢。我本來以為你會出更高的價錢。你的小氣真是讓我目瞪口呆。一想到我的身價居然只值五文錢，我就很窩囊。不過當時因為對象是烏龜和小孩，你才會出五文錢調停。算是心血來潮吧。但是如果當時的對象不是烏龜和小孩，比方說若是粗暴的漁夫欺負生病的乞丐，別說是五文錢了，你大概一文錢也不會出。不，你肯定只會皺起眉頭快步走過。因為你們很討厭看到人生真實的模樣。你們似乎覺得那就像是自己高貴的宿命被潑了屎尿。你們的行善，只是遊戲，是享樂。因為是烏龜所以才救。因為是小孩所以才給錢。如果是粗暴的漁夫和生病的乞丐，絕對免談。因為你們非常厭惡真實生活的腥風撫過臉頰。你們討厭弄髒雙手。像你們這樣，其實是一種傲慢的自以為是喔，浦島先生。你可別生氣，因為我很喜歡你。啊，你生氣了？像你這樣擁有高貴宿命的人，好像連被我們這種賤民喜歡都覺得很不光榮所以才難搞。尤其我還是隻烏龜。被烏龜喜歡很噁心嗎？不過，請你諒解喔，喜不喜歡是無法講道理的。並不是因為被你救了所以才喜歡你，更不是因為你是風雅人士所以喜歡你。就只是忽然喜歡上了。因為喜歡，才想講你的壞話逗你一下。換句話說這就是我們爬蟲類表達愛情的方式。看來就因為我是爬蟲類，是蛇類的親戚，所以也難怪得不到信任。但我不是伊甸園的蛇，別看我這樣，好歹也是日本烏龜。我絕對沒有那種慫恿你去龍宮讓你墮落的企圖喔。你要理解我的心意。我只是想跟你一起玩。想和你去龍宮玩。在那個國度，沒有囉嗦的批評。大家都過得很悠哉，所以是玩耍的好地方。我能這樣上陸，也能潛入海底，所以可以比較兩種生活，我總覺得陸上的生活太吵雜。人類太喜歡互相批評了。陸上生活的所有對話，都是在講別人的壞話，再不然就是宣傳自己。煩死了。我也因為三不五時這樣上岸，受到陸上生活一點影響，開始學會講這種自以為是的批評之詞。明知這是受到負面影響，可是這種批評癖會上癮，對毫無批評攻訐的龍宮生活也開始感到有點乏味。總之我好像學會了壞毛病。這或許是一種文明病吧。如今我已經不知自己到底是海底的魚還是陸上的爬蟲，就像那不知是鳥還是獸的蝙蝠，變得很可悲。也可以說是海底的異類吧。我漸漸在我的故鄉龍宮難以久居。不過，那裡是遊玩的好去處，唯獨這點我敢保證。請相信我。那是一個充滿輕歌妙舞、美食美酒的國度，是最適合你們這種風雅人士的地方。你剛才不是頻頻感嘆，討厭被人批評嗎？龍宮絕對沒有批評。」

烏龜驚人的饒舌令浦島啞然，不過，牠的最後一句話驀然撩動浦島的心弦。

「此話當真？真有那種地方嗎？」

「咦，你還在懷疑我。我可沒有騙你。為什麼不相信我。這樣我會生氣喔。不採取行動，只是抱著嚮往整天長吁短嘆就是風雅人士的作風嗎？真噁心。」

即便是浦島個性溫厚，被罵得這麼慘也不可能再退縮了。

「真拿你沒辦法。」他苦笑著說，「那就聽你的，坐上你的龜殼試試看吧。」

「你講的每句話都讓我不爽。」烏龜真的生氣了，「坐上去『試試看』是甚麼意思。坐上去『試試看』和坐上去，就結果而言不是一樣嗎？雖然懷疑還是姑且試著右轉，和深信不疑堅定右轉，是同樣的命運。反正不管怎樣都不能回頭了。一試之下，你的命運就已注定。人生根本不存在試試看。『試試看』去做，和做了是一樣的。你們這種人真的是死不認輸，總以為自己還能回頭。」

「好了好了。我相信你，我坐就是了！」

「很好，來吧。」

浦島一坐上龜殼，烏龜的背部頓時擴張，變得有二張榻榻米那麼大，緩緩移動進入海中。從淺灘向外游了一百米左右後，烏龜厲聲命令：

「眼睛閉起來。」

浦島順從地閉上眼後，響起驟雨似的聲音，身邊有點暖意，似春風卻又比春風沉重幾分的風聲掠過耳朵。

「水深千尋[4]。」烏龜說。

浦島感到作嘔反胃就像暈船。

「我可以嘔吐嗎？」他依舊閉著眼，如此問烏龜。

「怎麼，你要吐了嗎？」烏龜恢復之前的輕快口吻，「你這個船客太不衛生了吧。咦，居然還老老實實閉著眼。就是因為這樣我才喜歡你。你可以睜開眼了。睜大眼睛好好看看海底景色，不舒服的噁心感會立刻消失。」

睜眼一看，一片模糊，海水有種淺綠色的奇妙明亮感，而且毫無陰影，只是一片茫漠。

「這就是龍宮啊——」浦島拖長語調彷彿還沒睡醒似的說。

「你在說甚麼傻話。這才水深千尋而已。龍宮在海底一萬尋。」

「哇喔——」浦島發出驚呼。「海底原來這麼遼闊啊。」

「虧你在海邊長大，講話別像深山的猴子那麼土。海洋至少比你家的泉水遼闊。」

無論朝前後左右哪個方向看都是一片茫漠，低頭看腳下也同樣是無垠的淺綠微光，向上看也是宛如蒼穹的茫洋大洞，除了二人的說話聲之外一片寂靜，只有似春風卻比春風更執拗的風撩過浦島的耳朵。

浦島最後看清遙遠右上方隱約有一塊彷彿撒出一把灰的汙點，

「那是甚麼？是雲嗎？」他問烏龜。

「別開玩笑了。海裡怎麼可能有雲朵飄過。」

「不然那是甚麼？感覺就像滴了一滴墨汁。難道只是塵埃？」

「你真笨。看了應該也知道吧。那不是一大群鯛魚嗎。」

「啊？好小喔。那樣應該有兩、三百隻吧？」

「別傻了。」烏龜嘲笑，「你是在說真的嗎？」

「不然是兩、三千隻嗎？」

「你清醒一點好嗎。那起碼有五、六百萬隻。」

「五、六百萬？你別嚇唬我。」

4 尋，水深的單位，一尋約一．八公尺。

烏龜笑得賊頭賊腦，

「那不是鯛魚，是海中有火災。好大的濃煙。那麼濃的煙，依我看嘛，應該是有二十個日本那麼大的地方在燃燒。」

「胡說。海中怎麼可能起火燃燒。」

「膚淺、膚淺。就算是水中也有氧氣啊。怎麼會不能燃燒。」

「別唬我。你那是無知的詭辯。不開玩笑了，那個像塵埃的東西到底是甚麼？真的是鯛魚嗎？總不可能真的是失火。」

「不，就是失火。你可曾想過，為何陸上世界的無數河川不分日夜流入海中，海水還是不增不減，永遠能夠保持同樣的分量？其實海洋也很困擾。每天被注入那麼多水，簡直沒法處理。所以只好三不五時就那樣把多餘的水燒掉。燒啊燒的，可不就是一場大火嗎？」

「哪有，黑煙根本沒有擴散。那究竟是甚麼？打從剛才就文風不動，可見應該不是大批魚群。你別故意開這種惡劣的玩笑耍我了，告訴我真話。」

「那我就告訴你吧。那個啊，是月亮的影子。」

「你又要唬弄我？」

「我沒有，陸上的影子不會落到海底，但天體的影子是從正上方落下來所以還是會映現。不只是月亮的影子，星辰的影子也會映現。所以龍宮就是根據那些影子來制定曆法與四季。那個月影還不夠圓，所以今天應該是十三吧？」

烏龜的語氣很正經，因此浦島猜想或許是真的，但他還是覺得有點怪。不過，放眼所見，只有淺綠色茫茫大洞的角落隱約有個黑點，就算那是騙人的，但聽說那是月影後，比起之前以為是大群鯛魚或失火，對風雅人士浦島而言，遠遠更有詩意，足以勾起鄉愁。

之後四周變得異樣昏暗，淒厲的呼嘯聲伴隨狂風撲面而來，浦島差點從龜背上滑落。

「你再閉一下眼。」烏龜用嚴肅的口吻說，「這裡正好是龍宮的入口。人類即使來海底探險，通常也以為這裡就是海底最深處，到此就會折返。在人類當中，你是第一個，或許也是最後一個越過此地的人。」

浦島覺得烏龜好像一個大翻身。翻身之後保持那姿勢，換言之，是一直腹部朝上游泳，而浦島就抓著龜殼，半是倒栽蔥的姿勢，但又沒有真的滑落，好像就這麼頭下腳上與烏龜繼續向上走，有種奇怪的錯覺。

「你睜開眼看看。」當他聽到烏龜這麼說時，已經沒有那種倒立的感覺，是正常坐在龜殼上，而且烏龜正在不斷向下潛泳。

四周微亮如曙光，腳下可以看見白濛濛的東西。好像是山，也像是高塔林立。若說那是塔，卻又太巨大。

「那是甚麼？是山嗎？」

「是的。」

「龍宮的山？」他興奮得聲音嘶啞。

「是的。」烏龜繼續游泳。

「是雪白的呢。難道在下雪？」

「擁有高級宿命的人，想法似乎也與眾不同。了不起。居然以為海底也會下雪。」

「可是海底都可以有火災了，」浦島立刻還以顏色，「那應該也會下雪吧。畢竟有氧氣嘛。」

「雪和氧氣的關係差得可遠了。就算真有關係，恐怕也是隔了十萬八千里的關係吧。真可笑。你想用這招壓倒我也沒用喔。高雅人士好像不太擅長講笑話。『下雪容易歸時難』[5]是甚麼鬼說法。太拙劣了。不過起碼比氧氣好吧。扯甚麼氧氣啊。我看是臭氣。氧氣這個笑話太要命了。」果然還是不敵烏龜的伶牙俐齒。

浦島苦笑著說，

「對了，那座山——」他還沒說完，烏龜又嘲笑他，

「『對了』真是了不起的開場白啊。對了，那座山並不是在下雪。那是珍珠山。」

「珍珠？」浦島大吃一驚，「你騙人吧。就算是將十幾二十萬顆珍珠堆在一起，也堆不出那麼高的山。」

「十幾二十萬顆？你少算了好幾個零。在龍宮，珍珠不是用一顆、兩顆這麼小

5 本來是日本童謠〈通過吧〉的一句歌詞「去時容易歸時難」（いきはよいよい帰りはこわい）。此處烏龜是以去（iki）和雪（yuki）的諧音玩雙關語。

家子氣的算法。是用一山、兩山來計算。一山據說大約三百億顆，不過誰也沒有那樣仔細算過。把一百山堆在一起，大概就能堆出那樣的山峰了。因為珍珠太多不知該往哪丟。說穿了，那都是魚糞。」

他們就這樣抵達龍宮的正門。正門意外地小。在珍珠山腳下發出螢光矗立。浦島跳下龜殼，在烏龜的帶路下彎腰穿過正門。四周微亮，而且很安靜。

「好安靜啊。安靜得可怕。這該不會是地獄吧？」

「你清醒點好嗎，大少爺。」烏龜用鰭拍打浦島的背部，「皇宮這種地方全都是這麼安靜。你該不會抱著陳腐的幻想，以為龍宮一年到頭都熱鬧得像你們丹後海灘在大跳漁獲豐收舞吧？真可悲。簡素幽邃不是你們風雅的極致嗎？地獄？太膚淺了。等你習慣後，這種昏暗會讓你有種難以言喻的安心自在。請你小心腳下喔。萬一滑倒就出醜了。咦，你還穿著草鞋啊。快脫下來，真沒禮貌。」

浦島紅著臉脫下草鞋。赤腳走了幾步後，發現腳底異樣黏滑。

「這路是怎麼回事？好噁心。」

「這不是路。這是走廊。你已經進入龍宮了。」

「真的嗎？」他吃驚地四下張望，但四周沒有牆壁也沒有柱子，只有昏暗在身邊蕩漾。

「龍宮不會下雨也不會下雪。」烏龜用異樣慈愛的口吻告訴他。「所以，也沒必要像陸地上的房子那樣建造狹小的屋頂與牆壁。」

「可是剛才大門不是有屋頂嗎？」

「那是當作標誌。不只是大門，乙姬的寢宮也有屋頂和牆壁。不過，那是用來維護乙姬的尊嚴，不是為了防風防雨。」

「是這樣嗎？」浦島依然一臉狐疑，「你說的那個乙姬的寢宮在哪裡？放眼望去一片昏暗，盡是寂然幽境，我連一草一木都看不見。」

「真受不了你們這種鄉下人。只會對著高大的建築和華麗的裝飾張口結舌，對這種幽邃之美卻完全不懂得欣賞。浦島先生，你的高雅也很靠不住呢。不過對你這種丹後鄉下海邊的風雅人士也不能苛求吧。甚麼傳統的教養云云，聽了都讓人冒冷汗。虧你好意思自稱正統的風雅人士，如今親臨實地，就暴露鄉巴佬的本性，真是受不了。東施效顰的風雅遊戲，我看今後可以省省了。」

烏龜的毒舌在抵達龍宮後好像變本加厲。

浦島非常徬徨無助，

「可是真的甚麼都看不見啊。」他委屈得幾乎快哭出來了。

「所以我不是叫你要小心腳下嗎。這條走廊可不是普通走廊。這是魚群搭成的橋。你仔細看清楚，是幾億條魚聚集在一起形成走廊的地板。」

浦島嚇得踮起腳尖。難怪打從剛才就覺得腳底濕滑。定睛一看，原來如此，大大小小無數條魚密密麻麻並排靠在一起動也不動。

「這太誇張了。」浦島的步伐頓時變得戰戰兢兢，「太惡俗了。這就是你所謂的簡素幽邃之美嗎？踩著魚背走過去，簡直太野蠻了。首先這些魚就很可憐。這麼詭異的風雅，我這種鄉巴佬無法理解。」他趁機發洩剛才被譏為鄉巴佬的鬱憤，總算出了一口氣。

「不。」這時，腳下響起細小的聲音，「我們每天聚集在此，是因為聆聽乙姬殿下的琴聲太著迷。魚橋並非為了追求風雅而搭建。您不用在意，儘管走過去吧。」

「這樣子啊。」浦島悄悄苦笑，「我還以為這也是龍宮的裝飾之一。」

「不僅如此。」烏龜立刻插嘴，「說不定，這座魚橋也是乙姫殿下為了歡迎浦島少爺，特地命魚群搭建的。」

「啊，這個，」浦島很狼狽，面紅耳赤，「怎麼可能，我還沒有那麼自戀。不過，都是因為你說這是代替走廊地板，我才會忍不住覺得，呃，魚群被踩在腳下會痛。」

「在魚的世界，根本不需要地板。這點如果拿陸地上的房子來打比方，我想走廊地板應該是恰當的比喻，所以才那樣說明，絕非隨便亂講。怎麼，你以為魚群會痛嗎？在海底，你的身體也只有一張紙的重量。你不覺得自己的身體好像輕飄飄在漂浮嗎？」

被烏龜這麼一說，的確有點輕飄飄之感。浦島覺得似乎一再受到烏龜無謂的嘲弄，實在氣不過。

「我已經甚麼都無法相信了。就是因為這樣我才討厭冒險。就算被騙了，也沒辦法識破，只能乖乖聽從帶路者的說詞。如果對方說是這樣，那就只能是這樣。其實冒險都是在騙人，根本就沒聽到甚麼琴聲。」他氣得忍不住開始遷怒。

烏龜很鎮定，

「你一直過著陸地上的平面生活，所以以為目標只在東南西北之一。但海裡還有另外二種方向，那就是上與下。你從剛才便一直向前方尋找乙姬的住處。這是因為你有一個重大謬誤。你為什麼不看頭上，也不看腳下呢？海底世界是漂浮的。剛才的正門，還有那珍珠山，全都在微微浮動。你自己也同樣在上下左右晃動，所以才沒發現其他東西在動。也許你從剛才就以為已經朝前方前進很遠了，但其實還在同一個位置。說不定反而退後了。現在因為潮流的關係，被海水帶著不斷後退。而且從剛才看來，大家已經一起向上浮動了百尋。總之先沿著這魚橋走一段吧。你看，魚背也漸漸變得稀疏了吧。小心不要一腳踩空喔。沒事，就算踩空了也不會狠狠跌落下去。因為你也只有一張紙那麼重而已。換句話說，這座橋是斷橋。這條走廊走到底之後，前方甚麼也沒有。但你可以看看腳下。喂，你們這些魚讓開點，少爺要去見乙姬殿下。這些傢伙就是這樣形成龍宮主城的天頂。海月[6]幻化浮天蓋，這麼詩意的形容，你們這種風雅人士應該會歡喜吧。」

魚群默默朝左右散開。腳下隱約傳來琴聲。很像日本古琴的聲音，但是沒那麼強烈，聽來更柔和，更縹緲，有種莫名的裊裊餘韻。不是〈菊露〉、〈薄衣〉、〈夕空〉、〈砧〉、〈浮寢〉、〈雉子〉[7]任何一種。即便是以風雅人自居的浦島也猜不出究竟，有種楚楚可憐、柔弱無依，卻又在陸地上從未聽過的高潔淒美，從琴聲的底層流過。

「真是不可思議的曲子。這首曲子叫做甚麼？」

烏龜也稍微認真傾聽了一下，

「〈聖諦〉。」牠簡潔回答。

「勝地？」

「神聖的聖，諦觀的諦。」

「噢，原來如此，〈聖諦〉。」浦島低喃，頭一次感到海底龍宮的生活，有種與自己的雅趣層級不同的崇高。自己的高雅果然靠不住。也難怪烏龜聽到自己滿嘴的

6 海月，此處是指水母。

7〈菊露〉、〈薄衣〉、〈夕空〉、〈砧〉、〈浮寢〉、〈雉子〉，皆為琴曲名稱。

傳統教養、正統風雅云云會冒冷汗。自己的風雅只不過是沐猴而冠。自己的確是鄉下的山猴子。

「從今以後，你說甚麼我都會相信。〈聖諦〉。原來如此。」浦島呆然佇立，還在傾聽那不可思議的〈聖諦〉曲。

「來吧，我們要從這裡跳下去。不會有危險。你只要這樣張開雙臂跨出一步，就會輕飄飄很舒服地落下。從這座魚橋盡頭筆直跳下去，正好會落在龍宮正殿的台階前。快點，你還在發甚麼愣。要跳囉，準備好了嗎？」

烏龜緩緩下沉。浦島也重新打起精神，張開雙臂，朝魚橋外跨出一步後，立刻被舒服地往下吸，臉頰涼涼的彷彿有微風吹拂，之後周遭變成綠蔭的色調，琴聲似乎也越來越近之際，他已和烏龜並肩站在正殿的台階前了。說是台階，其實每一階並不分明，看起來像是散發灰色暗光的小珠子鋪成的徐緩斜坡。

「這也是珍珠嗎？」浦島小聲問。

烏龜憐憫地看著浦島，

「你只要一看到珠子就以為是珍珠啊。珍珠不是已經被扔掉，堆成那麼高的山了嗎？你自己用手撈起那珠子試試看。」

浦島依言伸出雙手捧起珠子，觸感冰涼。

「啊，這是冰霰！」

「開甚麼玩笑。你再放進嘴裡試試。」

浦島聽話地將五、六顆冰涼如冰塊的珠子塞進嘴裡。

「好吃！」

「對吧？這是海櫻桃。吃了這個可以青春不老三百年。」

「這樣啊，吃多少顆都一樣嗎？」以風雅人士自居的浦島也忘了節操，流露出貪吃的模樣。「我很討厭老醜。死亡並沒有那麼可怕，但唯獨老醜不合乎我的審美。不如我再多吃幾顆試試吧。」

「有人在笑你喔。你看看上面。乙姬殿下已經出來迎接了。哇，今天殿下更美麗了。」

櫻桃坡的盡頭，有個身穿藍色薄衫的嬌小女子微笑佇立。透過薄衫可以看見雪白的肌膚。浦島慌忙撇開眼，

「那就是乙姬嗎？」他對烏龜囁嚅，滿臉通紅。

「這還用說。你還磨蹭甚麼，趕快上前打招呼啊。」

浦島更加慌張，

「可是，我該說甚麼才好？像我這種小人物就算報上姓名也沒用，更何況，我們的拜訪太唐突了。毫無意義。還是回去吧。」即便是自稱擁有高級宿命的浦島，在乙姬的面前也變得異常卑微開始打退堂鼓。

「乙姬殿下早就知道有你這號人物了。不是有句成語階前萬里[8]嗎？你就趕快認命，老老實實地恭敬鞠躬就行了。況且就算乙姬殿下完全不認識你，她也不是那種會小家子氣提高戒備的人，所以你用不著遲疑。只要說聲『我來玩了』就好。」

「那怎麼行，太失禮了。啊，她笑了。總之我先行禮吧。」

浦島恭敬地躬身行禮，雙手幾可碰到自己的腳尖。

烏龜看得捏把冷汗，

「你也太恭敬了。受不了。你可是我的救命恩人。請你擺出稍有威嚴的態度好嗎。腆著臉做出最敬禮未免太不高雅了。你瞧，乙姬殿下在招手了。快去吧。記得要挺起胸膛，把自己當成全國第一美男子，擺出頂級風雅人士的嘴臉，威風凜凜走過去喔。雖然你對我們的態度非常傲慢，但在女人面前你變得很窩囊呢。」

「不不不，面對高貴的人物，就該做出相應的禮儀。」浦島緊張得聲音嘶啞，兩腳打架，踉蹌走上階梯，放眼望去，眼前是幾乎有萬帖榻榻米大的超巨大房間。不，與其說是房間，或許稱為庭園更貼切。不知從何處射來樹蔭似的綠光照耀下，這個朦朦朧朧堪稱萬帖房間的超巨大廣場上，同樣鋪滿冰霰般的小珠子，四處凌亂散布黑色岩石，而且就只有這樣。屋頂當然不用說，甚至連一根柱子都沒有，放眼所見就是個堪稱廢墟的荒涼大廣場。再仔細一看，小珠子的縫隙之間似乎零星有紫色小花探頭，反而更添寂寥淒清，或許這就是所謂幽邃之美的極致，但是虧她能在這麼冷清的場所生活啊，浦島不禁嘆息，同時念頭一轉悄悄偷窺乙姬的臉孔。

乙姬沉默不語，向後轉身，緩緩邁步。浦島這時才發現，乙姬背後聚集了無數比青鱂魚還小的金色小魚游動，乙姬一邁步，小魚就跟著移動，看起來彷彿乙姬身

8 階前萬里，雖在萬里之外卻似近在階前。指天子熟知地方政治，臣子無法欺瞞天子。

邊不斷落下金色雨絲，有種絕非人間能有的尊貴氛圍。

乙姬任由薄衫翻飛赤腳走路，但仔細一看，她蒼白的小腳並未踩著下面的小珠子。腳底和珠子之間還有些許空間。她的腳底或許迄今從未踩過任何東西。肯定像剛出生的嬰兒腳底一樣柔嫩乾淨。這麼一想，雖然乙姬身上沒有任何搶眼的裝飾，卻顯得更有真正的氣質，看起來格外優雅。浦島很慶幸能夠來龍宮，開始對這次冒險心懷感激，痴迷地跟在乙姬後面走。

「怎麼樣，不錯吧？」烏龜低聲對浦島耳語，用鰭朝浦島的側腰撓癢癢。

「啊呀，你幹嘛！」浦島很狼狽，「這種花，這種紫色小花很漂亮呢。」他連忙轉移話題。

「這個嗎？」烏龜一臉無趣，「這是海櫻桃的花。有點像紫花地丁。吃了這種花瓣，就會暈陶陶地酩酊大醉。這就是龍宮的酒。還有，那個像岩石的東西其實是海藻。經過幾萬年才凝聚成這樣的岩石狀，但它其實比羊羹柔軟。味道勝過陸地上的任何美食喔，而且每塊岩石的味道都不一樣。在龍宮，每天就是品嘗這種海藻，吃花瓣醉倒，口渴就含櫻桃，聽乙姬的琴聲，觀賞小魚們跳舞宛如活生生的花瓣雨。怎麼樣，我邀你前來時不是說過龍宮是輕歌妙舞與美酒美食的國度嗎？如何，和你想像的不一樣吧？」

浦島沒回答，露出深刻的苦笑。

「我知道。在你想像中，一定是鑼鼓喧天大肆吵鬧，大盤子盛裝鯛魚和鮪魚的生魚片，穿紅衣的姑娘手舞足蹈，滿目盡是金銀珊瑚綾羅綢緞——」

「怎麼可能！」浦島的神情有點不悅，「我不是那麼庸俗的男人。不過，我曾以為自己是孤獨的，來到這裡看到真正孤獨的人，讓我對自己過去矯情的生活萬分羞愧。」

「你說殿下嗎？」烏龜小聲說，沒禮貌地朝乙姬那邊努動下巴，「殿下一點也不孤獨喔。她泰然處之。有野心才會為孤獨耿耿於懷，如果對其他世界的事情壓根不放在眼裡，縱然獨居千百年也安然自得。所以那些批評對不在意的人根本無效。話說回來，你這是要上哪兒去？」

「不，呃，我沒想去哪裡，」浦島被這意外的問題嚇到了，「可是，明明是那位——」

「乙姬並不是要帶你去哪裡。她已經忘記你了。她現在應該是要回她自己的寢宮。你清醒一點好嗎。這裡是龍宮。看看這是甚麼地方。沒有別處可以帶你去。你就在這裡盡情遊玩吧。有這樣的地方還不夠嗎？」

「你別欺負我了。我到底該怎麼辦才好？」浦島委屈地哭訴，「明明是那位自己出來迎接，雖然我並不自戀，但我以為跟著她走是正常禮儀。我可沒有甚麼不滿。你卻說得好像我有甚麼下流企圖似的。你真的很壞心眼呢。太過分了吧。打從我出生到現在，還沒有這麼丟臉過。你真的很欺負人。」

「你不用那麼在意啦。乙姬是寬容溫和的。你可是從陸地遠道而來的稀客，況且又是我的恩人，她出來迎接是理所當然。再加上你的個性爽快，又是美男子──啊，這句是開玩笑喔，你可別因此又開始自戀。總之，乙姬到台階迎接來訪的稀客，然後大概就安心了，之後隨便你自己高興在這玩幾天都行，她就一臉淡漠地那樣回自己寢宮去了，應該就只是這樣吧？其實我們也不是很了解乙姬在想甚麼，因為她總是那樣不慌不忙。」

「不，被你這麼一說，我倒是有點理解了。你的猜測基本上應該沒錯。換句話說，這或許就是真正的貴人待客的方式。迎接客人後就忘記客人。而且隨手把美酒佳餚堆置在客人身邊。歌舞音樂也不是基於宴客這種露骨的意圖而準備。乙姬彈琴並不是要給誰聽，魚群跳舞也不是要給誰看，只是自由自在地當成嬉戲。他們不指望客人的讚美。客人也沒必要格外留意做出佩服的表情。就算客人躺著佯裝不知也無所謂。主人已經忘了客人，而且允許客人自由行動。想吃就吃，不想吃就不吃也無妨。就算喝醉了在睡夢中聽琴聲也不會失禮。唉，待客就該這樣才對。真想給那些動不動就勸人家吃難吃的料理，互拍無聊的馬屁，明明不好笑還拼命假笑，聽到不稀奇的話題也誇張地面露驚訝，從頭到尾都在進行虛假的社交辭令，還自以為是上流待客方式，小家子氣又愛耍小聰明的大笨蛋們看看龍宮這種灑脫的待客態度。那些人只在意會不會降低自己的品味，而且對客人抱著莫名其妙的戒心，自己唱無聊的獨角戲，沒有一丁點真心實意。那樣到底算甚麼！即便只是一杯酒，賓主雙方彷彿也要互換『我確實招待了美酒喔』、『我確實享用了喔』的證書，真是受不了。」

「對，就是這樣。」烏龜很高興，「不過，亢奮過度萬一心臟病發作也很麻煩。你先在這海藻岩石坐下，喝點櫻桃酒。光吃櫻桃花瓣的話，對於初次品嘗的人或許味道太強烈，但是如果連同五、六顆櫻桃一起放在舌上，就會立刻融化變成恰到好處的清爽美酒。根據混合的比例還能變化出不同風味喔，你可以自己調整，調出你喜愛的酒來喝。」

浦島現在想喝較烈的酒。於是把三片花瓣和二顆櫻桃一起放在舌上，頓時口中充滿美酒，光是含著已令他為之陶然。酒液輕快通過喉頭，就像在體內亮起一盞明燈，心情大為暢快。

「這個好。簡直是掃去憂愁的玉帚。」

「憂愁？」烏龜立刻追問，「你有甚麼好憂愁的？」

「不，憂愁當然是沒有啦，哈哈哈！」浦島乾笑掩飾羞窘，然後低聲嘆口氣，瞄了一眼乙姬的背影。

乙姬正默默獨行。她沐浴在淺綠光線中，看似晶瑩剔透的芬芳海草，款款搖蕩著踽踽獨行。

「不知她要去何處。」他不禁低喃。

「應該是回寢宮吧。」烏龜一臉這還用問的表情，泰然回答。

「你從剛才就一直提到寢宮，那個寢宮到底在哪裡？根本就看不見嘛。」

放眼望去只有堪稱平坦曠野的大廳散發晦暗光芒，完全沒有寢宮的影子。

「還在更遠處，朝乙姬走去的方向還要再過去很遠很遠，你看不到嗎？」

被烏龜這麼一說，浦島蹙眉朝那個方向凝視，

「噢，被你這麼一說，好像真的有東西。」

幾乎有一里之遙的遠方，彷彿窺探幽潭水底時那種朦朧不清之處，似乎有朵純白的小小水中花。

「就是那個嗎？很小呢。」

「乙姬一個人住，用不著太大的宮殿。」

「你這麼說也有道理。」浦島說著又繼續調配櫻桃酒喝，「那位殿下，平時都是那麼沉默嗎？」

「對，沒錯。語言這種東西，或許是對活著的不安才會萌芽。就像腐土生出紅色的毒菇，或許是生命的不安讓語言發酵。雖然也有歡喜的話語，但就連那個，不

也費了討厭的功夫嗎？人類或許即使在歡喜中也會感到不安吧。人類的語言都是刻意雕琢過的。很做作。如果沒有不安，何須那種討厭的功夫。我沒聽乙姬開口說過話。但她從不會像一般沉默寡言者那樣皮裡陽秋，在心裡偷偷辛辣地觀察。她甚麼都不想，只是那樣微笑彈琴，或者在這大廳悠然走來走去，含著櫻桃花瓣遊玩。她過得非常悠哉。」

「真的嗎？那位殿下也喝這種櫻桃酒啊。這的確是好東西。只要有這個，就別無所求了。我可以再多喝一點嗎？」

「好啊，儘管喝。來到這裡還客氣就太傻了。你已被無限寬容。順便要不要吃點甚麼？你能看到的所有岩石都是美食。你喜歡比較油膩的嗎？還是喜歡帶點微酸的？任何口味都有喔。」

「啊，聽得到琴聲呢。我可以躺著聽嗎？」被無限寬容的這個想法，著實是有生以來第一次產生。浦島已經忘了風雅作派，仰頭向後躺倒，「啊呀，啊，醉了席地躺下真舒服。順便吃點東西吧。有沒有烤雉雞肉風味的海藻？」

「有。」

「另外，有桑葚味道的海藻嗎？」

「應該有吧。不過，你吃的東西還真野蠻。」

「暴露本性了。我是鄉巴佬唄。」他連遣辭用句似乎都改變了，「這才是風雅的極致。」

抬眼一看，遙遠的上方有魚群悠然漂浮如天頂，泛著朦朧藍光。頓時，一群魚從那天頂散開，各自閃爍銀鱗如滿天亂雪般舞動。

龍宮無日夜。永遠如五月的清晨涼爽宜人，洋溢樹蔭似的綠光。浦島已經記不清自己在這裡過了幾天。在這段期間，浦島受到無限寬容。他甚至進了乙姬的寢宮。乙姬沒有任何不悅，只是微微笑著。

但浦島終於厭倦了。或許是對被寬容感到厭倦。他開始思念陸地上的貧乏生活。彼此計較他人的批評，或哭或怒，小氣巴拉縮頭縮腦過日子的陸上人們，顯得格外惹人憐愛，甚至似乎無比美好。

浦島對乙姬說再見。這突然的道別，也同樣被乙姬用無言的微笑寬容。換言之，甚麼都被寬容。自始至終都得到寬容。乙姬送他到龍宮的台階，默默遞出一個小貝殼。那是閃耀五彩光芒緊緊合起的扇貝。那就是龍宮贈送的寶盒。來時容易歸時難。他再次坐上龜殼，茫然離開了龍宮。他的心中湧起古怪的憂愁。唉，忘記道謝了。再也找不到那樣的好地方。唉，或許永遠待在那裡會更好。但我畢竟是陸地上的人。縱然生活再怎麼安樂，自己的家園與故鄉還是縈繞腦海一隅揮之不去。即使沉醉美酒呼呼大睡，夢到的也是故鄉。真遺憾。我沒資格在那種好地方遊玩。

「哇，還是不行。好寂寞啊！」浦島自暴自棄地大喊。「雖然搞不清是甚麼狀況，總之就是渾身不對勁。喂，烏龜。你也痛快地嗆我一句呀。你從剛才就沒開過口。」

烏龜打從剛才便一直默默滑動雙鰭。

「你在生氣嗎？因為我從龍宮吃飽了就拍拍屁股開溜，所以你生氣了？」

「你鬧甚麼彆扭。陸地上的人就是這樣才討厭。想回去就回去。一切照你自己高興去做就好，我不是從一開始就再三聲明了。」

「可是，那你為什麼無精打采的？」

「你自己才是莫名其妙地沮喪吧。讓我去接人還好，但對送行我實在吃不消。」

「來時容易歸時難，是嗎？」

「現在不是講冷笑話的時候。我總覺得送行讓人高興不起來。忍不住一直嘆氣，不管說甚麼都顯得矯情，真想乾脆就在這裡告別算了。」

「你果然也捨不得分開嗎。」浦島笑了，「這次真的麻煩你不少。我要謝謝你。」

烏龜沒回話，彷彿想說幹嘛講那種客套話，稍微晃了一下龜殼，然後只是默默專心游動。

「那位殿下此刻大概還是獨自在那裡嬉戲吧。」浦島發出不勝惆悵的嘆息，「還送給我這麼美麗的貝殼，這應該不是拿來吃的吧？」

烏龜吃吃笑，

「你才在龍宮待了幾天，就變得特別貪吃了。不過那個好像不是吃的。我也不是很清楚，但貝殼裡應該裝了甚麼吧？」烏龜這時就像伊甸園的那條蛇一樣，忽然說出勾起別人好奇心的奇怪說詞。這或許也是爬蟲類共通的宿命？不不不，如此斷定，太對不起這隻善良的烏龜了。烏龜自己以前也對浦島大發豪語：「不過，我不是伊甸園的蛇。我好歹是日本烏龜。」如果不相信牠，那牠太可憐了。更何況，即便從這隻烏龜以往對浦島的態度來判斷，顯然也絕對不像伊甸園的蛇那樣奸佞狡詐，擅長以耳語引誘別人步向可怕的毀滅。不僅如此，烏龜應該像所謂五月的鯉魚旗有口無心，只不過是個可愛的小長舌公。換句話說，牠毫無惡意。至少，我想這麼解釋。烏龜這時又繼續說道：「不過，那個貝殼或許還是別打開看比較好。因為我想裡面八成蘊藏龍宮的靈氣。如果在陸地上打開，說不定會升起奇怪的海市蜃樓，讓你發狂之類的。也說不定會噴出海潮引發大洪水，總之我覺得把海底的氧氣散發到陸地上絕對不會有甚麼好結果。」烏龜一本正經說。

浦島相信烏龜的好意。

「或許吧。龍宮那麼高貴的氛圍，如果真的蘊藏在這貝殼中，接觸到陸地上惡俗的空氣時，搞不好會發生衝突引起大爆炸。好吧，那我就不打開，當成傳家之寶永遠珍藏起來吧。」

他們已浮上海面。陽光耀眼。故鄉的海灘遙遙在望。浦島此刻只想盡快回家，把父母弟妹以及成群傭人都叫來，詳細描述龍宮的情景，告訴他們冒險就是相信的力量，俗世的風雅只不過是小家子氣的耍猴戲。所謂的正統，其實是通俗的別名。你們懂嗎，真正的高尚是〈聖諦〉的境界，不是普通的諦觀放棄喔。你們懂嗎，不是那種煩人的批評，是被無限寬容，而且僅僅報以微笑。你們懂嗎，主人已經忘了客人。你們懂嗎……諸如此類，浦島渴望大肆宣揚彷彿剛剛得來的新知，而且如果那個現實主義的弟弟膽敢稍微露出懷疑的表情，就把這龍宮的美麗贈禮塞到那小子的鼻尖前，讓他老實閉嘴！浦島意氣昂揚，甚至忘記向烏龜道別，跳下沙灘，立刻急忙奔向老家，故事卻出現這樣的轉折：

原本的家鄉，這是怎麼了
原本的老家，這是怎麼了
放眼望過去，是一片荒蕪
看不到人影，也沒有道路
唯呼嘯風聲，吹過松林間

浦島猶豫許久之後，終於決定打開龍宮送的那枚貝殼，對此，那隻烏龜應該不必負責。越是被人叮囑「不能打開」，就越想打開看，這種人性的弱點，不只限於這個浦島的故事，希臘神話中〈潘朵拉的盒子〉那個故事，似乎也是描述同樣的心理。不過，潘朵拉的盒子打從一開始就藏著眾神的復仇計畫。「不能打開」這句話，刺激了潘朵拉的好奇心，對方是基於「日後潘朵拉肯定會打開那個盒子」這個惡意的預測，才做出「不能打開」的禁令。相較之下，我們善良的烏龜是完全出於好意才對浦島這麼說。根據當時烏龜真誠的說話方式，我認為這點應可相信。那隻烏龜是誠實的。牠沒有責任。這點我也可以秉持確信作證，但是這裡還有一個令人納悶的問題。浦島打開龍宮送的禮物一看，裡面冒出冉冉白煙，他頓時變成三百歲的老頭子，所以坊間流傳的〈浦島先生〉這個故事的結局就是早知如此便不該打開，這下子下場悽慘，真可憐。但我對此產生深深的懷疑。照這麼說來，龍宮送的禮物就和充滿人間各種災禍的潘朵拉的盒子一樣，是乙姬藏著深刻復仇，或者暗藏懲罰之意的贈禮嗎？她表面上不發一語，只是微笑著表現出無限寬容的態度，可是皮裡藏著峻酷的陽秋，絲毫不原諒浦島的任性，為了嚴厲懲罰他才送他那個貝殼嗎？不，用不著抱持那麼極端的悲觀論，或許所謂的貴人往往會泰然自若地做出殘忍的嘲弄，乙姬也同樣只是當作天真無邪的惡作劇，才開這麼惡毒的玩笑？不管怎樣，那個應該是真正高雅的乙姬，居然會送這麼可怕的禮物，簡直令人費解。潘朵拉的盒子裡，有疾病、恐懼、怨恨、哀愁、疑惑、嫉妒、憤怒、憎惡、詛咒、焦慮、後悔、卑屈、貪婪、虛偽、怠惰、暴行等各式各樣不祥的妖魔鬼怪，在潘朵拉打開盒子的同時，如大批飛蟻一齊飛出，散布到人世間的各個角落，但愣住的潘朵拉，沮喪地垂下頭望著空蕩蕩的盒子底部時，她不是在底部的黑暗中發現一小顆璀璨如星光的寶石嗎？而且那顆寶石，竟然寫著「希望」二字。據說潘朵拉蒼白的臉頰也因此出現了一點血色。從此，人類即便受到各種痛苦的妖魔襲擊，也能憑著「希望」得到勇氣，忍受困難。相較之下，這個龍宮的禮物，沒有任何討喜之處，只有煙霧。而且立刻讓人變成三百歲的老頭子。就算貝殼底下留著那顆「希望」之星吧，浦島先生也已變成三百歲。縱然給一個三百歲的老頭子「希望」，那也等於是惡毒的玩笑。根本毫無希望。那麼，這時贈送那個「〈聖諦〉」如何？可對方是三百歲。事到如今就算不給那種做作的東西，人活到三百歲，也差不多該諦觀放棄了。到頭來，一切都沒救。無從伸出援手。怎麼看都是拿到一個悲慘的禮物。不過，這時如果灰心地放棄，或許會被外國人批評日本童話比希臘神話更殘酷。那的確很遺憾。況且，就算是為了那令人懷念的龍宮名譽，也該努力從這個費解的禮物找到可貴的意義。饒是龍宮數日等於陸上數百年，也犯不著把那段歲月當成麻煩的禮物特地讓浦島帶回來。如果浦島從龍宮一浮上海面就變成白髮蒼蒼的三百歲老頭，那我還能夠理解。況且，如果乙姬有情，打算讓浦島永保青春，那就更沒必要特地讓浦島帶走這麼危險的「不能打開」的物品，扔在龍宮的哪個角落不就行了。難不成這是「自己拉的屎尿不如自己帶走」的意思？如果是那樣，這種「嘲諷」好像太下流了。能夠彈奏出〈聖諦〉那種曲子的乙姬，應該不可能有這種大雜院夫妻吵架賭氣似的企圖。我怎麼想都想不透。對這個問題思考了很久。直到最近，我才終於有點明白。

換言之，我們對於浦島的三百歲，一直被「這對浦島是不幸的」這個先入為主的觀念誤導了。故事書裡壓根沒提到浦島變成三百歲之後，「遭遇非常悲慘。真可憐」這種敘述。只有一句：

頓時變成白髮蒼蒼的老頭子。

故事就此結束。可憐、愚蠢這些形容詞，只不過是我們俗人的武斷認定。變成三百歲對浦島而言，絕非不幸。

若是「在貝殼底層，找到『希望』之星，因此得到救贖」，這種結局仔細想想似乎甜美夢幻的少女風格太濃烈，多少感到有點假，浦島其實是被當下冒出的煙霧本身拯救。貝殼底部甚麼都不剩也沒關係。那根本不是重點。說穿了，

時光，才是人的救贖；

遺忘，才是人的救贖。

龍宮高貴的饗宴，正是藉由這偉大的贈禮達到最高潮。不是說回憶總是越遠越美麗嗎？而且，甚至是這瞬間已過三百年的結果，也是浦島自己的選擇。即便到了這最後，浦島還是得到乙姬無限的寬容。如果不是因為太寂寞，浦島大概不會想要打開貝殼吧。當他走投無路，只能向這樣一枚貝殼求救時，才有可能打開。打開之後，頓時就是三百年的時光，以及遺忘。接下來不用再多做說明了吧。日本的童話

故事，就是蘊藏著如此深遠的慈悲。

後來，據說浦島太郎這個幸福的老人又活了十年。

喀嚓喀嚓山

〈喀嚓喀嚓山〉這個故事中的兔子是少女，慘遭敗北的狸貓則是愛上兔子少女的醜男——在我看來這已是不容置疑的儼然事實。據說這個故事發生在甲州富士五湖之一的河口湖畔，也就是現在的船津裡山一帶。甲州的民風剽悍，或也因此，這個故事和其他童話相較，顯得有點血腥。首先，故事的開頭就很過分。拿老太太煮肉湯太殘忍了，既不滑稽也不好笑。狸貓的惡作劇還真無聊。到了老太太的骨頭散落簷廊下方的那一段時，已經極度殘忍恐怖，作為所謂的兒童讀物，很遺憾，恐怕不得不遭到禁止販售吧。因此現行出版的《喀嚓喀嚓山》繪本，似乎是明智地含糊帶過，只描寫狸貓弄傷老太太之後就逃跑了。那樣可以避免被禁售，算是處理得很得體，不過，如果只是這種程度的惡作劇，兔子對狸貓的懲罰就顯得太執拗了。不是那種一次擊倒的爽快報復。而是把狸貓整得半死不活，虐了又虐，一再玩弄，最後將牠騙上泥土做的小船任其逐漸沉入水中。這些手段從頭到尾都是詭計，絕非日本武士道的做法。但狸貓如果做出拿老太太煮湯的惡劣詐術，受到這麼執拗的報復也是活該，這點我們多少可以理解，只是顧慮到對兒童心理的影響及可能遭到禁售，改寫成狸貓單純弄傷老婆婆就逃走，若因此還受到兔子那些懲罰的恥辱與痛苦，乃至最後活活淹死，似乎就有點過當了。這隻狸貓本來就沒有任何錯，自己在山裡悠哉玩耍時，被老爺爺捉到，而且還要被煮成湯，陷入絕望的命運，但牠苦苦掙扎還是想殺出一條血路，最後走投無路下欺騙老太太，終於九死一生。想拿老婆婆煮湯的確很惡毒，但是如果像現在的繪本描寫的，只是逃走時順帶抓傷老婆婆，或許是因為當時牠也在拼命求生，基於所謂的正當防衛胡亂掙扎，所以無意之間弄傷老婆婆，應該不是甚麼滔天大罪。我家五歲的女兒，長相像老爸挺難看的，腦子不幸也像老爸一樣似乎有點古怪。我在防空洞中讀這本《喀嚓喀嚓山》繪本給她聽時，她竟脫口說出意外的感想：

「狸貓好可憐。」

不過，我女兒這句「好可憐」是最近剛學會的名詞，不管看到甚麼她都頻呼「好可憐」，擺明了是想贏得溺愛孩子的媽媽一句稱讚，所以並不值得驚訝。或者，這孩子跟著爸爸去附近的井之頭動物園時，望著籠中不停走來走去的狸貓，認定那是可愛的動物，因此對於這個〈喀嚓喀嚓山〉故事，不問緣由就堅持偏愛狸貓。總之不管怎樣，我家這個小同情者的說詞不太靠譜。思想的根據薄弱。同情的理由含糊不清。基本上毫無正視的價值。但我聽到女兒這種不負責任隨口說出的感想後，受到某種啟發。這孩子甚麼也不懂，只是胡亂說出最近剛學會的名詞，可做父親的卻因為她這句話發現，原來如此，兔子的復仇的確有點過分，若是這麼小的孩子，還可以哄一哄敷衍過去，但對更大的孩子，已經被灌輸了武士道或做人得堂堂正正這種觀念的孩子而言，不會覺得這隻兔子的懲罰是所謂的「卑鄙手段」嗎？這才是問題所在。所以愚蠢的爸爸才會皺眉頭。

如果像現行繪本所描寫的情節，狸貓只是抓傷老婆婆，就這樣被兔子惡意捉弄，燒傷背部，燒傷的地方還被塗上辣椒，最後被騙上泥土做的小船慘遭殺害，陷入如此悲慘的命運，已經上小學的孩子自然會立刻產生疑問。況且就算狸貓真的惡劣地企圖拿老婆婆煮湯，為何不堂堂正正報上名字給牠一刀痛快呢？因為兔子很弱小云云，在這個場合無法說服人。報仇就該堂堂正正。神會站在正義的一方。就算做不到也該大喊一聲「這是天譴！」正面採取行動才對。如果雙方的力量實在懸殊，那就臥薪嘗膽，去鞍馬山[1]專心修練劍術。自古以來，日本的偉人多半都是這樣做的。饒是苦主有再多隱情，縱觀日本歷史似也不曾有過這種詭計多端虐殺對方的報仇故事。唯獨這個〈喀嚓喀嚓山〉故事，報仇方式著實令人不敢苟同。未免太沒有男子氣概。無論大人或小孩，只要是嚮往正義的人，任誰都會對這個故事產生些許反感吧？

請放心，對此我思考了一番。然後我發現，兔子的做法沒有男子氣概是理所當然。因為兔子根本不是男的。這點我很確定。這隻兔子是十六歲的處女，迄今對情愛尚未開竅，卻是個大美人。而人類當中最殘酷的，往往就是這類女性。希臘神話中有很多美麗的女神，其中，除了維納斯，阿提米絲這位處女神似乎被視為最有魅力的女神。眾所周知，阿提米絲是月亮女神，額頭有皎潔的新月閃耀，而且敏捷不通人情，簡而言之就像是女版阿波羅。凡間的可怕猛獸都是這個女神的隨從。但她的外型絕非粗魯魁梧的大塊頭。毋寧嬌小苗條，手腳也纖細可愛，臉蛋妖異美麗得令人悚然，但她缺乏維納斯那種「女人味」，乳房也很小。對於她不喜歡的人可以坦然做出殘酷之舉。她在戲水時發現有男人偷窺，甚至立刻潑水把男人變成一頭

1 鞍馬山位於京都，是知名的靈山修行場所。

鹿。只不過是看一眼她戲水的樣子，就讓她這樣大發雷霆。要是握住她的手，還不知會被她怎麼報復。如果愛上這種女人，男人肯定會受到悽慘的羞辱。不過，男人，尤其是越愚鈍的男人，越容易愛上這種危險的女人。而且結果多半可想而知。

不相信的話，且看這隻可憐的狸貓就知道。狸貓老早就對這隻阿提米絲型的兔少女暗懷情愫。如果故事設定兔子是這種阿提米絲型少女，那麼無論狸貓是拿老婆婆煮湯或是不慎抓傷老婆婆，讀者都不得不嘆息著點頭同意，兔子施加的懲罰之所以如此惡意且「毫無男子氣概」是理所當然。而且這隻傻狸貓就像會愛上阿提米絲型少女的典型男人，在狸貓同伴之間也其貌不揚，只是個身材肥胖，愚鈍愛吃的傻大個，所以牠悲慘的下場自然不難推知。

狸貓被老爺爺捉住，差點就要下鍋煮成肉湯，但牠還想再見兔少女一面，於是拼命掙扎，終於逃回山裡，一邊嘀嘀咕咕，一邊四處尋找兔子，好不容易找到了，「妳開心吧！我撿回了一條命呢。我趁著老頭子不在，好好教訓了那個老太婆，這才逃回來的。我是個幸運的男人。」狸貓滿臉得意，口沫橫飛地描述這次逃過一劫的經過。

兔子跳起來躲開牠的唾液，一臉不屑地聽牠敘述，

「我有甚麼好開心的。髒死了，講話還亂噴口水。況且那對老爺爺老婆婆是我的朋友。你不知道嗎？」

「真的？」狸貓愕然，「我從來不知道。請妳原諒。我要是知道，隨便要把我煮湯還是怎樣，我都會任他擺布。」牠說著很沮喪。

「事到如今，你講這種話已經太遲了。我常常去他家院子玩，而且他們會拿好吃又柔軟的豆子請我吃，這你不是也知道嗎？你竟敢謊稱不知情，太可惡了。你是我的敵人。」兔子做出無情的宣告。這時，兔子心裡已經有了要對狸貓採取某種報復的念頭。處女的憤怒是辛辣的。尤其對醜陋魯鈍者更是毫不容情。

「原諒我。我真的不知道。我沒騙妳。請妳相信我。」牠用死纏爛打的語氣哀求，伸長脖子垂頭喪氣，發現旁邊樹上掉了一顆果子，立刻撿起來吃掉，一邊東張西望尋找有沒有別的果子一邊說，「是真的，讓妳這麼生氣，我寧願死掉算了。」

「少來了，你明明滿腦子都在想吃的。」兔子極為輕蔑地說，把臉往旁邊一扭，「你不但好色，而且貪吃又下流。」

「妳就當作沒瞧見吧。我真的很餓。」狸貓說著還繼續四下搜尋果子，「真是的，我現在心裡有多苦，要是能讓妳明白就好了。」

「我不是叫你不准靠近嗎！臭死了。你走開一點。你吃過蜥蜴吧？我聽說了。還有，天啊真可笑，聽說你還吃了大便。」

「怎麼可能。」狸貓無力地苦笑。但牠不知怎地似乎也不敢強烈否認，只是無力地撇著嘴又說了一次「怎麼可能」。

「你故作高尚也沒用。因為你身上的味道不是普通地臭。」兔子坦然做出嚴厲的致命宣告，然後彷彿又想到甚麼好主意似的兩眼一亮，憋著笑轉頭看狸貓，「好吧，這次我就破例原諒你。咦，我明明警告過你不准靠近。對你這種傢伙真是不能掉以輕心。你要不要擦擦口水？都滴滴答答掉到下巴了。你冷靜點，仔細聽我說。雖然這次破例原諒你，但我有個條件。那位老爺爺這時候肯定很失望，八成也沒力氣上山砍柴了，所以我們替他去砍柴吧。」

「一起去？妳也跟我一起去嗎？」狸貓混濁的小眼睛歡喜得發亮。

「你不願意？」

「怎麼會不願意。那我們現在就去吧。」狸貓太開心，聲音都嘶啞了。

「還是明天去吧，明天一早去。今天你想必也累了，況且你肚子也餓了吧。」

兔子變得格外溫柔。

「謝謝！那我明天會做很多便當帶去，我會努力工作砍十貫[2]柴，然後送去老爺爺家。這樣妳一定就能原諒我了吧？妳會跟我做好朋友吧？」

「你煩不煩啊。到時看你的表現再說。說不定我會答應跟你做朋友喔。」

「嘿嘿嘿。」狸貓突然猥瑣地笑了，「妳就是嘴巴不饒人。害我這麼辛苦，小壞蛋。我現在——」說到一半，狸貓迅速一口吃掉爬過來的大蜘蛛，「我現在不知有多開心，甚至開心得想流下男兒淚呢。」牠吸吸鼻子假哭。

夏日的清晨很清爽。河口湖的湖面籠罩晨霧，眼下一片白濛濛。山頂的狸貓與兔子渾身沐浴朝露，一邊努力砍柴。

2 貫，重量單位。明治時代一貫等於三・七五公斤。

看狸貓砍柴的樣子，別說是一心不亂了，簡直已經半是瘋狂。牠誇張地嗚嗚呻吟，一邊胡亂揮舞鐮刀，不時還刻意哎喲哎喲地哀號，好像很想讓兔子看看自己有多麼賣力，肆無忌憚地到處亂砍。這樣狠狠胡鬧一陣子後，終於露出「我不行了」的疲憊表情，把鐮刀一扔，

「妳瞧。我的手都磨出水泡了。唉，手掌火辣辣地刺痛。口乾舌燥。肚子也餓了。總之，這都是因為我太賣力砍柴了。我們先休息一下吧。順便吃便當。呵呵呵。」牠像要掩飾羞澀般乾笑，打開巨大的便當盒。鼻頭埋進那足足有汽油桶那麼大的便當盒，發出稀里呼嚕窸窸窣窣的噪音，一心不亂地埋頭大吃。兔子目瞪口呆，停下砍柴的手，稍微探頭看了一下牠的便當盒，隨即小聲驚呼，雙手蒙臉。不知看到甚麼，總之那個便當盒中好像放了很驚人的東西。但今天的兔子，似乎有甚麼祕密計畫，沒有像往常那樣對狸貓出言侮辱，打從剛才就很沉默，只是嘴角掛著有技巧的微笑拼命砍柴，對於狸貓得意忘形露出的各種狂態，一律視若無睹不予理會。看了狸貓的巨大便當盒雖然嚇了一跳，但兔子還是沒說話，只是聳聳肩，又繼續砍柴。狸貓今天得到兔子寬容的對待，已經樂昏頭，心想，這個小美女終於愛上

我砍柴的英姿了嗎？看到我這種男子氣概，沒有哪個女人不會心動。啊，吃飽了就想睡，好睏，讓我小睡片刻……狸貓完全放鬆戒心任性地自以為是，就這樣呼呼大睡。睡著後不知做了甚麼不正經的夢，還在語無倫次地囈語「媚藥啊，那個不行，不管用」，等牠醒來時已經快中午了。

「你睡了好久。」兔子還是很溫柔，「我已經砍了一捆柴火了，先揹著送去老爺爺的院子吧。」

「好，沒問題。」狸貓打個大呵欠，一邊抓手臂，「肚子好餓。這麼餓怎麼睡得著。我很敏感的。」牠一本正經說，「來吧，那我也把砍的柴趕緊捆成一束揹下山吧。便當也吃光了，趕快解決這樁差事，還得立刻去找吃的。」

二人各自揹起砍的柴，踏上歸途。

「你走前面吧。這一帶有蛇，我害怕。」

「蛇？蛇有甚麼好怕的。我一發現就立刻抓來──」牠本想說「抓來吃」，又臨時改口，「我就抓來宰了牠。別怕，妳就跟在我後面吧。」

「男人在這種時候果然特別可靠。」

「別灌我迷湯了。」牠說，「今天妳好像特別柔順。簡直溫柔得詭異。該不會現在要把我騙去老爺爺那裡煮成肉湯吧？哈哈哈！那我可敬謝不敏喔。」

「哎喲，既然你這麼不相信我，那就算了。我自己去。」

「不，那怎麼行。我們一起去。這世上無論是蛇還是別的我通通都不怕，唯獨受不了那位老爺爺。他放話要把我煮成湯，討厭得很。基本上那樣也太低級了吧。至少我認為不是甚麼好品味。我會把柴火揹到那個老爺爺院子前方那棵朴樹下，之後就得靠妳自己搬運過去了。我打算走到那裡就打道回府。否則看到那個老爺爺我就滿心不痛快。咦？怎麼回事？怎麼有奇怪的聲音。是甚麼？妳沒聽見嗎？好像有喀嚓喀嚓的聲音[3]。」

「這不是很正常嗎？這裡本來就是喀嚓喀嚓山。」

「喀嚓喀嚓山？妳說這裡嗎？」

「對呀，你不知道嗎？」

「嗯，我從沒聽說過。到今天為止，我都不知道這座山還有這個名字。不過這名字可真奇怪。妳該不會在唬我吧？」

「拜託，每座山不是都有名字嗎？你看那甚麼富士山、長尾山，還有大室山，不是都有自己的名字嗎？所以這座山就叫做喀嚓喀嚓山。你聽，是不是有喀嚓喀嚓的聲音？」

「嗯，我聽見了。但這可真奇怪。之前我從未在這山裡聽過這種聲音。我在這山裡出生至今已有三十幾年了，從沒這樣——」

「天啊！你已經這麼老了？上次你明明告訴我才十七歲，太過分了。你明明滿臉皺紋，還有點彎腰駝背，居然才十七，當時我就覺得不對勁，但我沒想到你居然一下子少報了二十歲。那你不是已經快四十了嗎？天啊，好老。」

「不，我十七、十七！我才十七歲。我這樣彎腰走路，絕對不是因為年紀，是因為肚子空空，所以自然變成這種姿勢。我剛剛說三十幾年，呃，是說我哥哥啦。我哥的口頭禪就是這個，所以我不知不覺也跟著那樣脫口而出。換句話說，我是被我哥傳染了啦。就是這樣，妳這婆娘懂了吧。」牠慌亂之下，脫口用了「婆娘」

3 喀嚓喀嚓聲，此處是指兔子偷偷拿打火石生火，點燃狸貓背上的木柴。

這種粗俗字眼。

「真的嗎？」兔子很冷靜，「可是，我第一次聽說你有哥哥。你每次不是都跟我說，你很寂寞，很孤單，無父無母也沒有兄弟姊妹，還問我懂不懂你的孤單與寂寞。那又是怎麼回事？」

「對、對，」狸貓自己都已經弄不清自己在說甚麼了，「這年頭真的是，社會太複雜了，所以不能一概而論。哥哥也是時有時無。」

「你簡直是在講廢話嘛。」兔子也很傻眼，「顛三倒四的。」

「嗯，其實我有一個哥哥。講這種話我也很難過，但我哥是個沒出息的酒鬼，我覺得很丟臉，不好意思說，所以活了三十幾歲，不，我是說我哥，我哥這三十幾年來，一直都在拖累我。」

「那還是很奇怪，十七歲的人，怎麼會被拖累了三十幾年？」

狸貓假裝沒聽見，

「這世上有太多事情一言難盡啊。現在我已經當我哥不存在，斷絕關係。咦？奇怪，有燒焦味。妳沒聞到嗎？」

「沒有。」

「真的嗎？」狸貓老是吃臭烘烘的東西，所以對自己的嗅覺沒甚麼自信。牠一臉狐疑地扭過頭，「是我的錯覺嗎？奇怪，好像有火在燃燒，妳沒聽見嗶嗶剎剎的聲音嗎？」

「會聽見很正常啊。這裡本來就是嗶嗶剎剎山嘛。」

「胡說。妳剛才明明說這裡是喀嚓喀嚓山。」

「對呀，即使是同一座山，也會因地點不同有不同的名稱。富士山的山腰也有所謂的小富士山，還有大室山、長尾山，不也都是和富士山連接的山嗎？你不知道？」

「嗯，我從來不知道。真的嗎？這裡是嗶嗶剎剎山嗎？我這三十幾年來，不，根據我哥的說法，這裡就只是叫做後山。唉，怎麼忽然變得好熱。該不會是要地震了吧？我覺得今天有點詭異。唉，這也太熱了。哇！燙燙燙！好燙！燙燙燙！救命啊，柴火燒起來了！好燙好燙！」

翌日，狸貓窩在自己的洞穴深處呻吟，

「唉，痛死我了。我說不定就要死了。仔細想想，我是天下最不幸的男人。只不過是長得帥了一點，女人反而自慚形穢不敢靠近我。看來優雅的男人就是吃虧。人家說不定還以為我討厭女人呢。其實我絕對不是聖人。我喜歡女人。可是女人好像以為我是清高的理想主義者，始終不肯誘惑我。氣得我真想乾脆大吼大叫瘋狂奔跑算了。大聲告訴大家我喜歡女人！啊，好痛、好痛。這次被燒傷太慘了。身上火辣辣地刺痛。本以為好不容易逃脫被煮湯的命運，沒想到又莫名其妙走進那甚麼嗶剝剝山。真是倒楣。那座山真是見鬼了。柴火自己熊熊燃燒，太過分了。我這三十幾年——」說到一半，牠連忙四下張望，「老實說，我今年三十七了，嘿嘿，不行嗎？再過三年就四十了，這是擺明的事，所謂的理所當然，看了不就知道了嗎。哎喲痛痛痛。不過話說回來，我活了三十七年，一直在那後山長大，從來沒遇過那麼古怪的事。甚麼喀嚓喀嚓山、嗶嗶剝剝山，光是名字就已經很怪了。奇怪，真是不可思議。」牠敲敲自己的腦袋陷入沉思。

這時，門口傳來賣貨郎叫賣的聲音。

「要不要買仙金膏？專治燒燙傷、刀傷，還有美白功效！」

比起燒燙傷和刀傷，美白的功效更讓狸貓驚豔。

「喂，賣仙金膏的！」

「是，哪位在喊我？」

「我在這裡，在洞穴深處。真的有美白功效嗎？」

「那還用說，一天就見效。」

「噢？」狸貓很高興，當下衝出洞穴，「啊！妳是兔子。」

「對，我是兔子沒錯，但我是賣藥的公兔。是的，我已經在這一帶四處叫賣三十幾年了。」

「呼——」狸貓鬆口氣歪頭不解，「但你們兔子長得可真像。三十幾年？這樣啊，你也是啊。唉，歲月的話題就不說了，完全沒意思。煩不煩啊。算了，總之就這麼回事。」牠支支吾吾地敷衍帶過。「話說回來，你那個藥可以給我一點嗎？其實我正有點煩惱呢。」

「哎喲，你的燒傷好嚴重。這可不行。如果放著不管會死喔。」

「唉，我還真想死掉算了。這種燒傷不重要。重要的是我現在，呃，容貌上的——」

「你這是甚麼話。生死關頭還不重要嗎？哎呀，你背後的傷勢最嚴重呢。這到底是怎麼搞的？」

「這個啊，」狸貓撇嘴，「是因為我走進嗶嗶剝剝山這個名稱古怪的山裡，結果就倒了大楣，嚇死我了。」

兔子忍不住吃吃笑。狸貓不懂兔子笑甚麼，但自己也跟著哈哈大笑，

「真是，說有多可笑就有多可笑。所以我也要給你一個忠告，千萬別去那座山。起初叫做喀嚓喀嚓山，然後就變成嗶嗶剝剝山，總之那裡不能去，會很慘。唉，我已經對喀嚓喀嚓山那一帶徹底怕了。萬一走進火燒山就完蛋了，會變得像我一樣。哎喲痛死我了。你記住了嗎？我可是好心忠告喔。你看起來還年輕，如果不聽老人言——不，我不是老人，總之，你要好好聽我的，至少尊重友人的忠告。畢竟這是我的親身體驗。好痛好痛。」

「謝謝。我會小心的。對了，這藥你要嗎？為了感謝你懇切的忠告，我就不收

你藥錢了。總之，你記得把藥塗在背後的燒傷處。幸好我正好走到這裡，否則你說不定會因此喪命。這想必也是某種天意安排，是緣分。」

「也許是緣分吧。」狸貓低聲呻吟，「如果不要錢，那我就擦擦看吧。我最近很窮，看來只要愛上女人就會花錢如流水。順便你先弄一滴藥膏在我手心給我瞧瞧。」

「你要做甚麼？」兔子面露不安。

「沒有啦，不做甚麼。我只是想看一下。看看是甚麼顏色的藥膏。」

「顏色和其他藥膏沒兩樣。就是這樣。」兔子說著擠了一點藥膏在狸貓伸出的手心上。

狸貓立刻想往臉上抹，把兔子嚇了一跳，萬一因此讓藥膏的底細曝光就糟了，兔子連忙擋住狸貓的手，

「啊，快住手。塗在臉上的話這種藥膏的藥效太強了，不能塗臉。」

「喂，你放手。」狸貓索性豁出去了，「拜託你放手。你不懂我的心情。我因為皮膚黑，這三十幾年來不知受過多少罪。放開。快放手。拜託你讓我塗一下。」

狸貓最後一腳踹飛兔子，以迅雷不及掩耳的速度塗上藥，

「我覺得至少我的五官生得還是不錯的。唯一的缺點就是太黑。現在沒問題了。哇！這太可怕了。怎麼火辣辣地刺痛。這藥太強了。不過，或許也只有這麼強烈的藥效，才能治好我的黑皮膚。哇，好痛。但我要忍耐。可惡，下次再遇到時，她一定會被我的臉迷得神魂顛倒，呵呵，就算她愛我愛得要死我也不負責喔。那不是我的責任。啊，陣陣刺痛。這個藥的確有效。好，既然如此，你幫我把背後還有別處通通塗上吧。我就算死了也無所謂。只要能變白，我死也甘願。你塗吧。不用客氣，儘管給我塗上去。」這一幕簡直太悲壯了。

然而，美麗高傲的處女之殘忍是無極限的。那種殘忍已近似惡魔。兔子坦然起身，把辣椒糊厚厚塗抹在狸貓的燒傷部位。狸貓頓時痛得滿地打滾，

「嗚嗚，沒事，這個藥的確有效。哇，好痛。給我水。這是哪裡，是地獄嗎？饒了我。我不記得我下了地獄。我不想被煮成肉湯，所以才抓傷老婆婆。我沒有錯。我活了三十幾年，因為皮膚黑，從來沒交過女朋友。還有，我的食慾，唉，為此我不知遇過多少尷尬場面。誰也不知道。我很孤單。我是好人。我覺得我的五官

長得還不錯……」狸貓在痛苦之下脫口說出可悲的譫語，最後終於昏過去了。

然而，狸貓的不幸尚未結束。就連我身為作者都不禁邊寫邊嘆氣。想必就算在日本歷史上，也找不到哪個人的後半生如此不幸。好不容易躲過被煮成湯的命運，還來不及高興，就在嗶嗶剝剝山無辜地遭到嚴重燒傷，勉強九死一生，總算爬回自己的巢穴，歪著嘴呻吟之際，這次燒傷的地方又被塗上辣椒糊，痛得牠暈過去，接下來還要被放上泥船，沉入河口湖底。簡直沒半點好事。這肯定也是一種桃花劫，不過，就算是這樣，這種桃花劫也太粗俗了。一點也不風雅。牠躺在洞穴深處奄奄一息，整整三天不知生死地徘徊在幽冥邊界，到了第四天，忽然感到猛烈的飢餓，拄著拐杖從洞穴踉蹌出來，一邊嘀嘀咕咕一邊四處搜尋食物的模樣之可憐，簡直無法比擬。不過，牠的根骨本就結實，所以不到十天已完全康復，食慾旺盛如初，也冒出一點色心，明知不該，偏又傻呼呼來到兔子的住處。

「我來找妳玩了。呵呵。」牠害羞又猥瑣地笑了。

「哎呀！」兔子驚呼，臉色異常露骨地不悅。彷彿在說「怎麼又是你」，不，甚至比那個更惡劣。彷彿在說「你怎麼又來了，臉皮太厚了吧」，不，比那個更惡劣。彷彿在說「天啊，受不了！瘟神來了！」不，比那個更惡劣。彷彿在說「髒死了！臭死了！你怎麼不去死！」這種極度的厭惡，清楚呈現在此刻兔子的臉上，然而所謂的不速之客，通常對主人這種厭惡毫無自覺。這真是不可思議的心理。各位讀者最好也小心。如果當你要去某戶人家時，總是很不情願、不自在地勉強出門，那家往往意外地打從心底歡迎你的來訪。反之，當你抱著愉快的心情去拜訪，覺得「啊，這家給人的感覺真舒服，幾乎就像自己的家，不，比待在自己家還舒服，是我唯一安心的歸處，去那家是我最大的樂趣」，人家八成正嫌你很煩、很髒、很恐怖，將掃把豎在紙門後[4]。期待別人家成為自己安心的歸處，或許本就證明了自己有多蠢，總之關於造訪別人家這件事，我們有驚人的誤解。除非有特別要緊的事情，否則無論是多麼親近的自家人，或許都不該隨便登門造訪。如果有人懷疑作者這個忠告，不妨看看狸貓。狸貓現在顯然就犯了這個可怕的錯誤。即便兔子一看到牠就失聲驚呼，還面露不悅，狸貓也完全沒發覺。狸貓以為兔子那聲驚呼，是為狸貓的突然造訪感到驚喜才脫口而出的處女天真的嬌嗔，自顧著喜孜孜，而且把兔子的蹙眉解釋為是在心疼自己日前碰上嗶嗶剎剎火燒山那場災難。

「啊，謝謝。」人家明明沒有開口慰問，牠倒自己先開口道謝，「妳不用擔心，我已經沒事了。我有神明保佑。運氣很好。那種火燒山算個河童屁——聽說河童肉很好吃，我正想找機會嘗嘗看。那是題外話，總之當時我還真的嚇到了。因為火勢非常大。不知妳怎麼樣。看起來妳應該沒受傷，虧妳能從那場大火中平安無事逃出來。」

「誰說我平安無事。」兔子臉一拉鬧起彆扭，「你這人太過分了。那麼大的火災，你居然丟下我一人自己逃跑了。我被煙嗆到差點就死了。我恨你。看來那種危急關頭果然最能看出一個人的真面目。這次我已經看清楚你的本性了」

「對不起。請原諒我。其實我受到嚴重燒傷，說不定我根本沒有神明保佑，我可倒了大楣了。我絕對沒有忘記妳，只是當時我的背部發燙自身難保，已無暇分神去救妳。妳能理解嗎？我絕對不是那種負心漢。燒傷這種事，可不是鬧著玩的。況

4 由於掃帚自古以來用於祭祀、被視為神聖工具，因此碰上客人賴著不走時，將掃帚倒立放在門後，意喻「把垃圾掃出門」、「掃除髒東西」。

且，還有那甚麼仙金膏還疝氣膏的玩意，可把我害慘了。唉，那藥太可怕了。根本無法把黑皮變白。」

「黑皮？」

「不，沒事，我是說那藥膏黑糊糊的，那玩意藥效很強。有個長得很像妳的奇怪小賣貨郎，說要免費給我用，所以我想試試看也無妨，就拿來塗在身上，結果可慘了。我告訴妳，千萬要小心免費的藥喔，絕對不能大意，痛得我七葷八素彷彿頭頂冒出小龍捲風，當下就昏倒了。」

「哼！」兔子很輕蔑，「你那是自作自受。是你太小氣所以遭到懲罰。居然貪小便宜用免費藥膏，這麼低級的事情虧你好意思說出來。」

「妳講話也太過分了。」狸貓低聲說，但牠似乎其實並不難過，只是沉醉於待在心上人身旁的幸福感渾身暖洋洋，牠一屁股坐下，混濁的死魚眼四下張望，一邊撿起小蟲子吃一邊說，「不過，我是個幸運的男人。無論發生甚麼事都不會死。或許真的有神明護佑。幸好妳也平安無事，我也沒甚麼大礙，燒傷也好了，如今咱倆又可以好好聊天了。啊，簡直像在作夢。」

兔子打從剛才就恨不得牠趕快滾蛋。牠噁心死了。為了讓狸貓離開自己的住處附近，兔子又想出一個魔鬼計畫。

「欸，你知道這個河口湖中有美味的鯽魚嗎？」

「不知道。真的假的？」狸貓一聽，頓時兩眼發亮，「我三歲的時候，媽媽曾經抓來一尾鯽魚給我吃，美味極了。我絕對不算笨拙，但我雖不算笨拙，偏偏就是捉不到鯽魚這種水中生物，所以我只知道那玩意好吃，可是之後這三十幾年——不，哈哈哈，我又忍不住學我哥的口頭禪。我哥也愛吃鯽魚。」

「是嗎。」兔子心不在焉地附和。「我一點也不想吃鯽魚，不過，既然你這麼愛吃，那我待會陪你一起去捕魚也行。」

「真的嗎？」狸貓大喜過望，「不過，鯽魚那種傢伙動作很迅速，我曾經為了捕魚差點淹死，」牠忍不住吐露自己過去的失敗，「妳有甚麼好方法嗎？」

「用網子撈不是很簡單嗎。那個鸕鶿島的岸邊就有很大的鯽魚聚集喔。欸，我們走吧。對了，你會划船嗎？」

「嗯——」狸貓幽幽嘆氣，「也不是不能划啦。只要我想，那是小事一樁。」

牠厚著臉皮吹牛。

「你會划船？」兔子明知牠在吹牛，還是故意假裝相信，「這下子正好。我有一艘小船，可是船太小，載不了我們兩個。而且是用單薄的木板隨便做成的船，萬一進水了會很危險。不過，我自己怎樣都無所謂，可你萬一發生意外就不好了，不如我倆現在一起合作替你打造一艘船。木板拼成的小船太危險，就用黏土來做一艘更堅固的船吧。」

「真不好意思。我感動得快哭了。讓我哭吧。我怎麼會這麼愛哭呢。」牠說著一邊假哭，同時也不忘精明地提出霸道的要求：「順便妳就一個人替我做那堅固的小船好嗎？拜託。」牠又說，「我會感激不盡。妳替我做堅固的小船時，我正好可以去準備便當。我想我應該可以勝任大廚的工作。」

「好啊。」兔子假裝相信狸貓這個任性的提議，老實點頭同意。狸貓暗自偷笑這社會怎麼這麼好混。就在這一瞬間，狸貓的悲慘命運已經注定了。愚蠢的狸貓不知道，會對自己的鬼話連篇完全信任的人，心中往往藏有可怕的陰謀。牠還得意地竊笑，自以為一切順利。

二人連袂來到湖畔。白色的河口湖面平靜無波。兔子立刻開始搓揉泥土，動手製作所謂「堅固」的小船，狸貓連聲說著不好意思，一邊四處飛奔專心準備自己的便當。晚風微微吹起，在湖面掀起漣漪時，黏土做的小船閃耀著鋼鐵色的光輝下水了。

「嗯，還不錯。」狸貓很興奮，先把汽油桶那麼大的便當盒放上船，「不過話說回來，妳真是靈巧的姑娘。三兩下就能做出這麼漂亮的船。簡直神乎其技。」牠說著令人牙酸的老套台詞拍馬屁，心裡想著若能娶到這麼靈巧又勤快的姑娘，或許便能用老婆賺的錢四處遊玩嘗遍山珍海味。於是除了色慾，又開始冒出旺盛的貪念，最後牠悄悄下定決心，一定要黏著這女人一輩子不放手。牠嘿咻一聲跳上泥船，「妳肯定也很會划船吧。至於我嘛，划船的方法怎麼可能——我當然不可能不會，不過今天我想先參觀一下親親老婆的本領。」牠講話變得越來越厚顏無恥。「我以前也常被人稱為划船高手或划船大師，不過今天我就先看看妳的划船本領吧。我完全不介意，不如我的船頭靠在妳的船尾。兩艘船也親親熱熱不分離，同生共死，妳可別拋棄人家喔。」牠說著猥瑣又做作的話，懶洋洋地躺倒在泥船船底。

兔子聽到狸貓要求把兩艘船靠在一起不由暗吃一驚，以為這個笨蛋發現了甚麼端倪，連忙偷窺狸貓的臉色，但是甚麼事也沒有。狸貓只是一臉好色地嬉皮笑臉，早早走進夢鄉，還說著愚蠢的夢話：「抓到鯽魚記得叫我，那玩意，可好吃了，我三十七歲喔……」兔子冷笑一聲，把狸貓的泥船綁在兔子的船後，然後用船槳拍擊水面。二艘船很快離開岸邊。

鸕鶿島的松林在夕陽下紅似火。在此作者要稍微賣弄一下博學，「敷島」香菸包裝盒上的圖案，據說就是根據這座島上的松林描繪的。我是從可靠之人那裡聽說的，因此讀者相信我應該不會吃虧。不過，如今已經沒有「敷島」這個牌子的香菸了，年輕讀者對這個話題想必毫無興趣。我是在賣弄無聊的知識。結果賣弄半天，只得到這個愚蠢的結果。想必只有超過三十幾歲的讀者，才會一臉無趣地朦朧想起昔日與藝妓同遊的往事，暗嘆一聲「啊，就是那棵松樹嗎」。

話說回來，兔子痴迷望著鸕鶿島的暮色，低聲說，

「啊——景色真美。」

這顯然很奇怪。無論是多麼窮凶惡極之人，在自己即將犯下殘酷罪行之際，應

該也不會有心情痴迷地欣賞山水美景，但這個二八年華的美麗處女，卻瞇起眼觀賞小島暮色。天真無邪與惡魔果然只有一線之隔。對於不知民間疾苦的任性小處女這種令人作嘔的矯情姿態，流著口水讚嘆「啊呀，青春就是純真」的男人們最好小心。那種人所謂的「青春的純真」，往往就像這隻兔子的例子，即便殺意和陶醉在心裡並存也坦然自若，混雜了莫名其妙的官能感群魔亂舞。那是最危險的啤酒泡沫。生理本能凌駕倫理道德的狀態，稱之為低能或惡魔。有一陣子全球流行的美國電影中，就有很多這種所謂的「純真」雄獸與雌獸，只能任由生理本能擺布，渾身發癢像裝了彈簧似的不停蠢動。我倒也不是非要牽強附會，卻忍不住懷疑所謂「青春的純真」這種東西的始祖，說不定就是來自美國。例如電影中的滑雪場風光明媚，私底下卻坦然進行異常拙劣的犯罪。這不是低能就是惡魔。不，或許惡魔本來就是低能。嬌小玲瓏身段苗條手腳纖細，甚至堪比月亮女神阿提米絲的十六歲處女兔，從這個角度看好像也頓時變成令人興味索然的無趣人物了。低能嗎？那就無話可說了。

「哇！」兔子腳下響起奇異的聲音。是我們親愛且純真無比的三十七歲男性，狸貓君的慘叫。「進水了、進水了，這下子糟了。」

「吵死了。這本來就是泥船。遲早都會沉。你不知道嗎？」

「不知道。難以理解。毫無道理。叫我理解是強人所難。難道妳想把我——不，不會吧，那種蛇蠍心腸，不，我完全無法理解。妳不是我老婆嗎？哇，船要沉了。至少『船要沉了』這件事是眼前唯一的事實。就算是開玩笑也太惡劣了。這幾乎是暴力了。哇，船要沉了。喂，妳快想想辦法呀。我的便當要毀了。這個便當盒裡裝了灑滿臭鼬糞便的蚯蚓通心粉呢。萬一泡水多可惜啊。噗！啊呀，我已經嗆到水了。喂，拜託，別開這種不好玩的玩笑了。喂喂喂，不能砍斷繩子。我們不是要同生共死嗎？俗話說夫妻有再世情緣，是割也割不斷的紅繩，啊，糟糕，砍斷了。救命啊！我不會游泳。我招認。以前會游一點點，可是狸貓活到三十七歲，渾身筋骨都僵硬了，根本游不動了。我招認。我三十七歲了。和妳的年紀其實差了一大截。妳要敬老尊賢！別忘記要敬老！噗！啊呀，妳是好女孩，對吧，妳最乖了，所以快把妳手上的船槳遞過來，讓我抓住那個——好痛！妳幹甚麼！這樣會痛耶，幹嘛拿船槳打我的頭，好，原來如此，我懂了！妳想殺我是吧？這下子我懂了。」

狸貓直到臨死前才看穿兔子的陰謀，可惜為時已晚。

砰！砰！船槳毫無慈悲地砸到狸貓頭上。狸貓在夕陽粼粼閃爍的湖面載浮載沉，

「好痛、好痛，太過分了吧。我到底做了甚麼對不起妳的事？難道愛妳也有錯嗎？」牠說完，就此沉入水中。

兔子抹把臉，

「呼，滿頭大汗。」兔子說。

說到這裡，這個故事難不成是要告誡大家不得好色？難道這是蘊藏深切忠告，勸人勿接近十六歲美麗處女的滑稽故事？抑或，這其實是一本禮儀教科書，勸人即使喜歡誰，最好也不要頻繁造訪，否則會讓對方極度厭惡，甚至慘遭殺害，所以千萬得守禮守分？

或者，這只是個笑話，暗示我們對於依賴直覺喜好更甚於道德善惡的世人而言，日常生活中本就是這樣充滿互相謾罵、獎賞責罰，或是服從？

不不不，不用急著做出這種評論家式的結論，只要留意一下狸貓臨死前的那句話或許就夠了。

狸貓說，難道愛妳也有錯嗎？

自古以來，世界各國文學悲劇的主題，說是盡在此句也不為過。每個女人的心中都住著一隻毫無慈悲的兔子，而每個男人的心裡永遠有善良的狸貓即將溺水拼命掙扎。即便觀諸作者三十幾年來的潦倒經歷，這點也明明白白。想必，在你身上亦然。後略。

剪舌麻雀

我想把《御伽草紙》這本書作為一件小玩具，讓那些正為了解決日本國難勇敢奮戰的人們在片刻餘暇聊以自娛。因此雖然最近身體不適常發低燒，同時還得奉政府命令去義務勞動，並且替自家毀於戰火的房子收拾善後，但不管怎樣，我還是盡量抽空一點一滴寫出來了。我寫了〈摘瘤爺爺〉、〈浦島先生〉、〈喀嚓喀嚓山〉，接下來本打算再寫出〈桃太郎〉與〈剪舌麻雀〉，便讓這本《御伽草紙》就此完結，但〈桃太郎〉的故事已被單純化到極限，成了日本男兒的象徵，與其說是故事，毋寧呈現出詩歌的趣味。當然我起初也曾打算把〈桃太郎〉的故事依我個人的詮釋重新改寫。換言之，我想賦予故事中那個鬼島的惡鬼某種可恨的性格。我打算把他描寫成讓人非討伐不可的醜惡人物。我希望藉此讓桃太郎的打鬼之旅贏得讀者們的共鳴，那場戰鬥也能夠真的驚險得讓讀者捏把冷汗。（談論自己尚未寫成的作品計畫時，作者通常會這樣天真地大吹法螺。可惜現實永遠不如想像中那麼美好。）總之，請各位先聽我說。至少我是很有雄心的。各位就姑且先聽著別噓我下台。

希臘神話中最邪惡醜陋的妖魔，想必還是那個蛇髮女妖美杜莎。她的眉間刻畫多疑的深刻皺紋，灰色的小眼睛燃燒卑鄙的殺意，慘白的臉頰因威嚇的怒火而顫抖，黯沉的薄唇因嫌惡與輕蔑抽搐似的扭曲，而且每一根長髮都是紅腹毒蛇。面對敵人時，這無數條毒蛇會立刻一起昂首，發出可怕的咻咻聲對抗。只要看過一眼美杜莎，據說就會不自覺為之悚然，然後心臟凍結，全身化為冰冷的石頭。與其說恐懼，毋寧是一種不快。她殘害人心更甚於人體。像這種妖魔是最可恨的，必須迅速擊退。相較之下，日本的妖魔鬼怪很單純，而且可愛。古寺的光頭大妖怪或獨腳的傘妖，通常只是天真地為飲酒的豪傑跳舞，聊慰豪傑的夜半無聊。此外，故事書中的鬼島惡鬼也只不過是傻大個，被猴子抓破鼻子，只會哇哇大叫嚇得仰面摔倒立刻投降。一點也不可怕。甚至宛如善良的化身。那樣子好好的打鬼記只怕也會變成愚蠢可笑的故事。因此，無論如何都得讓比美杜莎腦袋更可怕更恐怖的妖魔登場。否則無法令讀者的手心捏把冷汗。而且身為征服者的桃太郎如果太強大，讀者說不定反而會同情惡鬼，這個故事就無法顯現危機一髮的精采。即便是齊格飛[1]那種不死

1 齊格飛，《尼伯龍根的指環》中的英雄，浸泡龍血後成為不死之身。但因有一小片樹葉黏在肩頭，使得有一塊皮膚沒浸到龍血，成了他唯一的弱點。

之身的大勇者，肩頭不也有唯一一個弱點嗎？弁慶[2]據說也有哭泣的時候，總之，完美的絕對強者不適合任何故事。況且我或許是因自身軟弱無力，自認對弱者的心理略知一二，但強者的心理我就不甚了解了。尤其是天下無敵的完美強者，到目前為止我還沒見過，甚至聽都沒有聽說過。如果不是自己親身經歷過的事，我一個字都寫不出來，是個想像力甚為貧乏的小說作家。所以寫這個〈桃太郎〉的故事時，說甚麼都不可能讓我沒見過的絕對不敗的英雄登場。我心目中的桃太郎，應該是個從小就愛哭，體弱多病，羞澀內向，完全不中用的男人，但是遇上破壞他人心情，把人打入絕望、戰慄與怨懟的永恆地獄，無比歹毒又醜陋的妖魔鬼怪時，桃太郎雖然弱小，當下也無法默視，於是毅然挺身而出，腰掛黍米糰子，啟程出征那些鬼怪的巢穴。還有狗、猴子、雉雞這三隻隨從，也絕非模範助手，各有令人頭痛的毛病，偶爾可能還會吵架，或許會寫成像《西遊記》的悟空、八戒、悟淨那樣的角色。不過，就在我寫完〈喀嚓喀嚓山〉，準備要寫這篇「我的桃太郎」時，突然陷入異常憂鬱的狀態。至少〈桃太郎〉這個故事，我想保留它原始單純的形式。它已經不是故事，而是日本人自古以來代代傳唱的日本詩歌。故事情節即使有再大的矛盾都無所謂。事到如今若還對這則詩歌明朗闊達的氣氛動手腳，實在對不起日本。桃太郎好歹也是扛著「日本第一」這面大旗的男人。別說是日本第一了，連日本第二、第三都沒經驗的作者，怎麼可能寫得出那種日本第一的好兒郎。想到桃太郎那面「日本第一」的旗幟，我就斷然放棄了撰寫「我的桃太郎故事」這個計畫。

之後，我立刻接著寫〈剪舌麻雀〉的故事，因為我的想法變了，我想這樣至少可以將這本《御伽草紙》完結。無論是〈剪舌麻雀〉，或是之前的〈摘瘤爺爺〉、〈浦島先生〉、〈喀嚓喀嚓山〉，都沒有「日本第一」出現，因此我的責任也比較輕，得以自由描寫，不過說到日本第一，假設在這尊貴的國家要論及第一，就算是童話故事，也不容作者放肆亂寫。否則外國人看了如果不屑地說，「搞甚麼，原來這就是日本第一嗎」，豈不是很氣人。所以在此我想再三強調。〈摘瘤爺爺〉的二個老人和〈浦島先生〉，還有〈喀嚓喀嚓山〉的狸貓，絕對都不是日本第一，只有桃太郎才是日本第一喔，不過我可沒有寫那個桃太郎。真正的日本第一如果在你眼

2　武藏坊弁慶，平安時代末期的僧兵，跟隨義經討伐平家，成功為義經打勝不少戰役。

前出現，你搞不好會因為對方太耀眼被閃瞎雙眼。聽清楚了嗎？懂了嗎？我這本《御伽草紙》出現的角色，不是日本第一也不是第二第三，更不是所謂的「代表性人物」。這只是太宰治這個作家根據個人愚蠢的經驗和貧乏的幻想，創造出來的極為平庸的人物。如果用我文中這些人物隨意揣測日本人的分量，無異是刻舟求劍穿鑿附會。我很重視日本。這點自然無庸贅言，因此，我極力避免描寫日本第一的桃太郎，並且囉嗦解釋了半天其他角色也絕非日本第一的緣故。想必讀者應該也會對我這種怪異的堅持大表贊同。就連太閣[3]不也說過嗎，「日本第一非我也。」

話說回來，〈剪舌麻雀〉這個故事的主角，不僅不是日本第一，或許反而堪稱日本最沒用的男人。第一，他的身體虛弱。身體虛弱的男人，似乎比腿腳不好的馬更沒有社會價值。他總是無力地咳嗽，而且臉色難看，早上起床拿雞毛撢子給房間的紙門撢撢灰，再拿掃帚把灰塵掃出去，就已累得半死，之後就整天都賴在桌旁或坐或臥蠢動，吃完晚飯立刻自己鋪了被子倒頭睡覺。此人十幾年來一直過著這麼窩囊的生活。雖還不到四十歲，卻早已自稱為「翁」，還命令家人喊他「老爺子」。或許該說他已看破紅塵吧。不過，饒是隱士或僧侶多少也得有點錢才能看破紅塵，如果身無分文，只能有一天過一天，就算想與世間斷絕關係，世間也會窮追不捨，根本斷絕不了關係。這位「老爺子」也是，如今雖結草為庵棲身陋室，原本可是大富豪家的第三子，他辜負父母的期望，沒有固定職業，渾渾噩噩過著晴耕雨讀的生活，後來不幸患病。到了最近，父母和親戚都嫌棄他是體弱多病又愚蠢的頭痛人物，索性每月給他一點足以維持生活的小錢打發他。正因如此，他才能過著這種類似隱居的生活。雖說現在住的是草庵，或許還是得說他很好命。而且這種好命的人，往往對旁人沒甚麼幫助。身體虛弱似乎是事實，但是還不至於纏綿病榻，所以照理說好歹能做點甚麼工作。但這位老爺子甚麼也不做。唯有書本，似乎看了不少，但或許是看過就忘，並不會把自己讀過的東西告訴別人。只是終日恍恍惚惚。光是這樣就已堪稱毫無社會價值，更慘的是這位老爺子沒有小孩。結婚雖已超過十年，迄今仍無子嗣。這下子他等於完全沒有盡到身為社會人的義務。這麼沒出息的丈夫，到底是甚麼樣的女人能夠忍受十幾年，多少令人有點好奇。然而隔著草庵圍

3 太閤，對攝政大臣的尊稱。通常是指權傾一時的豐臣秀吉。

牆偷窺者，當下大失所望。那其實是個很無趣的女人。她膚色黝黑，眼如銅鈴，手掌粗大布滿皺紋，看她雙手垂在身前略顯彎腰駝背匆匆走過院子的樣子，甚至懷疑她比「老爺子」年紀更大。但她今年據說才三十三歲正逢厄年[4]。此人本來是「老爺子」老家的傭人，負責照顧體弱多病的老爺子，不知不覺就演變成包辦了他的一生。她沒念過書。

「快點，把內衣全都脫下放到這裡。我要洗衣服。」她強勢地命令。

「待會。」老爺子倚桌托腮低聲回答。他說話的聲音總是非常小。而且說到後半句就像含在嘴裡，只聽見嗯嗯啊啊。就連陪伴他十幾年的妻子，也聽不清這位老爺子說甚麼，更何況是外人。反正此人等於已和社會斷絕來往，所以自己說的話別人聽不聽得懂或許都無所謂，但他沒有固定工作，看了書也壓根不打算根據書中知識撰文論述，而且結婚十幾年了卻連一個孩子都沒有，甚至連日常對話都懶得費力氣講清楚，說到一半就在口中含糊不清，真不知該說他是懶惰還是甚麼，總之他那種消極的態度簡直令人無言。

「快點脫下來給我。你瞧，內衣領口的油垢都已經發亮了。」

「待會。」他還是把話半含在嘴裡低聲說。

「啊？你說甚麼？請你講清楚一點。」

「待會。」他依舊托腮，正眼盯著妻子毫無笑容的臭臉，這次比較清楚地發話。「今天很冷。」

「都已經入冬了。不只是今天，明天後天肯定都會冷。」她用罵小孩的口吻說，「這樣窩在家裡一直坐在暖爐旁的人，和去井邊洗衣服的人相比，到底是誰更冷你知道嗎？」

「不知道。」他微微笑著回答。「因為妳去井邊已成了習慣。」

「開甚麼玩笑。」妻子皺起臉。「我又不是生來就為了洗衣服的。」

「是嗎。」他說著，一臉無辜。

「好了，趕快把衣服脫下來給我。乾淨的內衣都放在那邊壁櫥裡。」

「會感冒。」

---

4 厄年，日本認為災厄特別多的年齡。男性的厄年為二十五、四十二、六十一歲，女性為十九、三十三、三十七歲，尤其是男性的四十二歲和女性的三十三歲特別凶險。

「那就算了。」妻子不耐煩地撂下話就走。

此地是東北的仙台郊外，愛宕山麓瀕臨廣瀨川急流的大片竹林中。仙台地區或許自古就多麻雀，仙台笹這種徽紋，就是將二隻麻雀圖案化，此外，想必人人都知道戲劇《先代萩》中的麻雀戲份比當紅演員還重要。去年我去仙台地區旅行時，當地某位友人也曾介紹以下這首仙台地區的古老童謠給我聽。

竹籠子，竹籠子
竹籠裡面有麻雀
何時何時出來唄

不過這首童謠並不僅限於仙台地區，好像成了日本全國兒童玩遊戲都會唱的歌。但「竹籠裡面有麻雀」這句歌詞，特別指明籠中小鳥是麻雀，而且還非常自然地插入「出來唄」這句東北方言，可見稱之為仙台地區的民謠果然不為過。

這位老爺子的草庵周遭的大竹林中，也住著無數麻雀，早晚吱吱喳喳吵得人耳朵都快聾了。這年秋末，冰霰發出清脆聲響砸落竹林的早晨，老爺子在院子泥地上發現一隻腳受傷仰臥掙扎的小麻雀，將之默默撿起，放在屋內暖爐旁餵飼料，麻雀的腳傷康復後，依舊在老爺子的屋裡玩，偶爾雖也會飛落院子，但立刻又回到簷廊，啄食老爺子扔的飼料。每當牠拉屎，老婆子就會嚷著「髒死了」把牠攆開，老爺子默默起身拿草紙把簷廊的鳥屎仔細擦乾淨。隨著日子一天天過去，麻雀似乎也認清了誰可以撒嬌誰不行，只有老婆子一人在家時，牠就躲到院子或簷下避難，等老爺子出現了，牠立刻飛來，停在老爺子頭上，或者在老爺子的桌上跳來跳去，咕嚕咕嚕地喝硯台的水，再不就躲在筆筒中，用各種把戲騷擾看書的老爺子。不過老爺子通常佯裝不知。當然更不可能像世間的愛鳥人士那樣替自家愛鳥取個做作的名字，沒事就喊甚麼「露咪啊，你也寂寞嗎」。不管麻雀在哪做甚麼，他都表現得漠不關心。只是不時默默從廚房抓來一把飼料，隨手撒在簷廊邊。

那隻麻雀，此刻在老婆子離開後拍翅從簷下飛來，停在老爺子支肘托腮的桌角。老爺子的表情毫無變化，默默看著麻雀。悲劇就從這時緩緩在這小麻雀身上揭開序幕。

過了一會，老爺子說聲「原來如此」。然後深深嘆息，在桌上攤開書本。翻了一、兩頁後，又托腮茫然望著前方嘀咕，「居然說她不是生來就為了洗衣服。別看她那樣，好像好歹還是有點身為女人的欲望。」然後幽幽苦笑。

這時，桌上的小麻雀突然口吐人言：

「那你呢？」

老爺子倒也不驚訝，

「我？我啊，這個嘛，我生來就是為了說真話。」

「可你根本甚麼都沒說吧？」

「世人都是騙子，所以我討厭交談。因為大家都是滿嘴謊言。更可怕的是，自己竟然沒發現自己在說謊。」

「那是懶人的藉口。只要稍微有點學問，好像任誰都會變得想用那種粗暴的矯情方式。你不是甚麼也沒做嗎？俗話說要以身作則。你根本沒資格批評別人。」

「話是這樣說沒錯，」老爺子不慌不忙，「不過，世上也需要有我這種男人。雖然我看起來好像甚麼也沒做，但不盡然如此。也有些事只有我才能做。在我有生之年，不知是否有機會發揮我真正的價值，但當那一刻來臨時，我肯定會努力表現。在那之前，我就姑且保持沉默，安心讀書。」

「真的還假的？」麻雀歪起小腦袋，「越是只敢私底下耍威風的窩囊廢，好像越喜歡氣焰囂張地嘴硬逞強。該說你是殘廢的隱士嗎？像你這樣年邁體衰的老人，是把過去未實現的夢想當成未來的希望，自我安慰罷了。真可憐。那樣甚至算不上有何氣焰，只是變態的牢騷。因為你甚麼好事都沒做。」

「照你這麼說，或許的確是吧。」老人益發鎮定，「不過，我現在正在實行一件事。那就是無欲。說來容易做來難。像我家老婆子，嫁給我這種人已經十幾年了，所以我以為她應該也拋開世俗欲望了，沒想到似乎並非如此。別看她那樣，好像還有點性慾呢。那讓我覺得很可笑，忍不住一個人噗哧笑出來。」

這時老婆子突然露面。

「我才沒有甚麼性慾呢。咦？你剛剛在跟誰說話？我怎麼聽到年輕女孩的聲音。客人到哪去了？」

「有客人？」老爺子照例說話含糊不清。

「不是，你剛剛明明在跟誰說話，而且是講我的壞話。哎喲，你倒是說說看，跟我說話時，總是含糊不清懶得多說，可是到了那位小姐面前，就像變了一個人似的聲音充滿青春活力，聽起來好像聊得相當開心。我看你才是人老心不老。性慾太旺盛，簡直黏糊糊。」

「不會吧。」老爺子懵懂地回答，「可是這裡明明沒有人。」

「別耍我了。」老婆子似乎真的生氣了，重重在簷廊邊坐下，「你到底把我當成甚麼？我已經忍你忍很久了。因為你完全沒把我放在眼裡。我也知道，我出身不好又沒念過書，或許沒資格跟你對話，但你也太過分了。我好歹也是打從年輕時就去你家幫傭伺候你，結果現在變成這種關係，你的父母也說，我這人還算相當踏實能幹，不如讓我嫁給你——」

「胡說八道。」

「奇怪，我哪裡胡說了。我說的有哪句不對？明明就是這樣。當時，最了解你的不就是我嗎？你沒有我根本不行。所以我才會嫁給你一輩子照料你。我到底有哪一句講錯了？你倒是給我說說看。」老婆子臉色大變咄咄逼人。

「全部都是一派胡言。那時候妳的性慾超強。就這麼簡單。」

「這句話到底是甚麼意思？我完全聽不懂。你不要把我當傻子耍。我是為了你著想，才跟你成婚，不是為了甚麼性慾。你講話也太下流了。你根本不知道我和你這種人在一起朝夕相對有多麼寂寞。偶爾起碼也該對我說一句好聽的甜言蜜語。你看看別家夫妻。就算再怎麼貧窮，晚餐的時候不也會開心地閒話家常相視而笑。我絕非貪婪的女人。為了你，我甚麼都可以忍耐。只要你偶爾能對我輕聲細語說句好話，我就心滿意足了。」

「說甚麼傻話。裝模作樣。我還以為妳應該已經死心了，沒想到妳還在這麼老套地吐苦水，企圖扭轉局面。別傻了。妳說的話，全都是在唬弄人，只是當下情緒化的膚淺想法。讓我變成這麼沉默的罪魁禍首就是妳。晚餐時間閒話家常？那時妳通常都是在批評左鄰右舍吧，是在說人家壞話吧。而且照例用妳那種情緒化的膚淺想法動輒議論別人的八卦是非。這麼多年來我就沒聽妳誇過別人。我的心志也很軟弱。被妳影響，忍不住也想批評別人。對我來說，那很可怕。所以我決定再也不跟任何人說話。因為你們只看到別人的缺點，壓根沒發現自己的可怕。我覺得人類太可怕了。」

「我明白了。你已經對我厭煩了吧。你看不順眼我這個黃臉婆了是吧。我明白得很。剛才的客人到哪去了？她躲在哪裡？我明明聽見年輕女人的聲音。有那麼年輕的小姐在，難怪你不想再跟我這種老太婆說話。怎麼，你嘴上說著無欲無求一臉頓悟的模樣，結果碰上年輕女人立刻渾身發癢，連聲音都變了調，開始黏糊糊地嗲聲嗲氣所以才讓人噁心。」

「既然妳非要這樣想，那就算了。」

「怎麼能算了。那位客人在哪裡？我也該打聲招呼，否則對客人太失禮了。別看我這樣，好歹是這個家的主婦，總該讓我打個招呼。你可別想把我踩在腳底下。」

「就在這。」老爺子說著，朝桌上嬉戲的麻雀努動下巴。

「啊？別開玩笑了。麻雀怎麼會說話。」

「牠會。而且講話相當有智慧。」

「看來你是真的鐵了心要故意諷刺我。那好吧。」她忽然伸手一把抓住桌上的小麻雀。「那我就拔掉牠的舌頭，讓牠再也講不出那麼有智慧的話吧。你平時就太偏愛這隻麻雀了。我早就看得一肚子火。這下子正好。既然讓那個年輕女客人溜走了，那就拔掉這隻麻雀的舌頭代人受過。活該。」她說著掰開掌中麻雀的嘴巴，用力拔下宛如油菜花瓣般小巧的舌頭。

麻雀掙扎著拍翅高飛遠遁。

老爺子無言望著麻雀的去向。

從翌日起，老爺子就開始在竹林四處搜尋。

失去舌頭的麻雀
妳躲藏在哪裡
失去舌頭的麻雀
妳躲藏在哪裡

日復一日，大雪紛飛。但老爺子就像中了邪，在幽深的大竹林四處尋找。竹林中有成千上萬的麻雀。要從中找出一隻被拔掉舌頭的小麻雀簡直難如登天，但老爺子還是異樣熱切地天天尋找。

失去舌頭的麻雀
妳躲藏在哪裡
失去舌頭的麻雀
妳躲藏在哪裡

對老爺子來說，一生之中好像從不曾這樣滿懷熱情地行動。沉睡在他心中的某種東西，此刻似乎第一次抬頭，不過，那究竟是甚麼，筆者（太宰）也不得而知。身在自家卻像在別人家般鬱鬱寡歡的人，忽然遭遇最能夠讓自己輕鬆自在的對象，於是苦苦尋求，若說這是戀愛，那自然也沒啥可說了。不過，相較於一般所謂的心動、戀愛這些字眼呈現的心理狀態，這位老爺子的心情，或許遠遠更加孤寂。老爺子只是一心一意尋找。這是他有生以來第一次展現如此執拗的積極性。

失去舌頭的麻雀
妳躲藏在哪裡
失去舌頭的麻雀
妳躲藏在哪裡

他當然不可能公然唱著這首歌一邊四處尋找。不過，當風在自己耳邊如此囁嚅，不知不覺在他的心中，這不知是歌吟還是念經的古怪文句，就隨著他一步一步走過竹林下的積雪自然湧現，與耳畔的風聲囁嚅同步合一。

某晚，仙台地區下起罕見的大雪，隔天天氣晴朗，出現耀眼的銀色世界。老爺子一大早就穿上雪鞋，照舊在竹林走來走去，

失去舌頭的麻雀
妳躲藏在哪裡
失去舌頭的麻雀

竹子上堆積的大團雪塊，突然砸落到老爺子頭上，大概是不巧砸中要害，老爺子當下暈倒在雪地上。昏沉如在夢境時，傳來各種聲音的耳語。

「真可憐，終於死掉了吧。」

「哪裡，沒有死啦。他只是暈倒而已。」

「可是他這樣一直躺在雪地上，遲早也會凍死。」

「說得也是。應該趕緊想想辦法。這下子傷腦筋了。早知會變成這樣，那孩子應該早點出面才對的。她到底是怎麼了？」

「你說阿照？」

「對，她好像被人惡作劇弄傷了嘴巴，之後就再也沒在這一帶露面吧？」

「她一直躺著。因為舌頭被拔掉了，甚麼話都說不出來，只是不停流眼淚。」

「這樣啊，被人拔掉了舌頭啊。做這種惡作劇的人真是太過分了。」

「是啊，而且下手的人就是這個人的太太。平時也不是甚麼惡毒的太太，或許那天湊巧心情不好吧，二話不說就把阿照的舌頭扯掉了。」

「妳親眼看到了？」

「對呀，超可怕的。人類就是會那樣突如其來做出殘忍的舉動呢。」

「八成是吃醋吧。我也很清楚這人的家務事，這個人好像太瞧不起自己的太太了。雖說太寵愛太太也會讓人看不下去，但像他那麼冷漠無情也不太好。阿照也是，逮著這機會就成天黏著這個丈夫親熱。唉，大家都有錯。別管他們了。」

「哎喲，我看你才是在吃醋吧？你以前就喜歡阿照吧？你想掩飾也沒用。你以前不是還嘆息著說，這片大竹林嗓子最美妙的就是阿照。」

「吃醋這種下流的事情我才不會做。不過，至少阿照的嗓子的確比妳好，而且還是美女。」

「太過分了。」

「別吵架，那樣很無聊。重點是這人到底該怎麼辦？如果放著不管，他會死喔。真可憐。也不知他有多想見到阿照，天天在這片竹林四處尋找，最後終於落到這種下場，太可憐了。這個人八成是個老實人。」

「才怪，他是笨蛋啦。一把年紀還追在小麻雀屁股後面跑，笨得令人瞠目。」

「別這麼說，欸，讓他們見一面嘛。阿照好像也想見這個人喔。可她因為舌頭被拔掉不能說話，所以就算告訴她這人正在找她，她也依舊躺在竹林深處不停流淚。這個人固然可憐，阿照也一樣可憐。欸，我們就幫幫他們嘛。」

「我才不要。我天生就對這種桃色糾紛毫不同情。」

「這不是桃色糾紛。你不懂啦。對吧，各位？會想要設法讓他們見面吧？這種事，本來就不是道理講得通的。」

「沒錯、沒錯。我來搞定。沒事，簡單得很。只要拜託神就行了。不講大道理，只想替他人盡點力時，拜託神是最好的。我老爹曾經這麼告訴過我。他說這種時候，神會成全我們的任何心願。大家在這裡等我一下好嗎？我現在就去拜託鎮守森林之神。」

老爺子驀然醒來時，躺在竹柱搭建的小巧房間。他坐起來四下一看，紙門忽然拉開，身長二尺左右的人偶出現，

「哎呀，你醒了？」

「對。」老爺子灑脫地笑了，「這是甚麼地方？」

「麻雀之家。」這個像人偶一樣可愛的女孩，在老爺子面前端坐，眨著渾圓的眼睛如此回答。

「噢。」老爺子鎮定地點頭，「那麼，妳是那個沒舌頭的麻雀？」

「不是，阿照在裡屋躺著。我是阿鈴，和阿照最要好。」

「這樣啊。那麼，那隻被拔掉舌頭的小麻雀，名字叫做阿照？」

「對，她非常溫柔，個性很好喔。你快去見她吧。可憐她變成啞巴後每天以淚洗面。」

「那我去見她。」老爺子站起來，「她躺在哪裡？」

「我帶你去。」阿鈴長袖一甩，起身走到簷廊。

老爺子小心翼翼走過青竹做成的狹窄簷廊以免失足跌落。

「就是這裡，請進。」

在阿鈴的帶領下，他走進一間裡屋。屋內很明亮。院子長滿矮小的山白竹，山白竹之間有清淺流水迅速流過。

阿照蓋著小小的紅絲被躺著。她是個比阿鈴更優雅的美麗人偶，臉色有點蒼白，大眼睛定定凝望老爺子，然後不停流淚。

老爺子在她的枕邊盤腿坐下不發一語，望著院子流過的清水。阿鈴悄悄離開。

一切已盡在不言中。老爺子低聲嘆息，但那並非憂愁的嘆息。他只覺生平第一次體驗到心靈的安寧。是這份喜悅，化為低聲嘆息。

阿鈴靜靜送來酒和下酒菜，

「請慢用。」阿鈴說完就走了。

老爺子自己倒了一杯酒喝，又望著院子的清水。他並不是所謂的嗜酒之人，一杯便已陶然而醉。他拿起筷子，只夾了一塊竹筍吃。非常美味。但老爺子胃口不大，吃了一口就放下筷子。

紙門開啟，阿鈴又送來一壺酒和別的下酒菜，接著在老爺子面前坐下，

「再來一杯？」她勸酒。

「不，已經夠了。不過，這是好酒。」不是客套話，是不假思索脫口而出。

「你喜歡嗎？這是竹葉露。」

「好得過分。」

「啊?」

「好得過分。」

阿照躺著聽老爺子與阿鈴對話，不禁微笑。

「哎呀，阿照笑了耶。她好像有話想說。」

阿照搖頭。

「不能說話也沒關係。對吧?」老爺子這時第一次對著阿照說話。

阿照眨巴著眼，開心地點了兩、三下頭。

「好了，那我也該告辭了。我改天再來。」

阿鈴對這過於乾脆的訪客似乎有點目瞪口呆，

「天啊，你這麼快就要走了?你天天在竹林四處找她，差點沒把自己凍死，現在好不容易見到了，居然連一句溫柔的慰問都沒有……」

「我最不會說的就是溫言軟語。」老爺子苦笑，已經站起來了。

「阿照，妳真的要讓他就這樣離開?」阿鈴又慌忙問阿照。

阿照笑著點頭。

「你們兩個真是一個德性。」阿鈴也笑出來。「好吧，那歡迎你下次再來。」

「我會的。」老爺子認真回答，正欲離開房間，忽然停下腳，「這是甚麼地方？」

「竹林中。」

「奇怪，竹林中有這麼奇妙的房子嗎？」

「有的。」阿鈴說著，與阿照相視微笑，「不過普通人看不見。只要你像今早那樣俯臥在竹林入口的雪地上，我們就會去帶你過來。」

「那真是感激不盡。」他不禁真誠地說，走到青竹簷廊上。

之後他又在阿鈴的帶領下回到之前的小巧接待室，只見室內放著大大小小的竹編箱籠。

「你難得光臨，也沒好好招待，真是不好意思。」阿鈴鄭重說，「至少帶點麻雀鄉的紀念品，雖然可能會增添你的麻煩，但這些箱籠隨便哪個都行，只要你看中了就請帶回去。」

「我不需要那種東西。」老爺子不高興地嘀咕，對那一大堆箱子正眼也不瞧，「我的鞋子在哪裡？」

「那怎麼行，請你一定要拿一個回去。」阿鈴快急哭了，「否則待會阿照一定會罵我。」

「她不會的。那孩子絕對不會生氣罵人。我了解她。話說回來，我的鞋子在哪裡？我記得我是穿著一雙破雪鞋出門的。」

「我扔了。你就打赤腳回去吧。」

「那太過分了。」

「否則你就拿一樣紀念品回去。拜託拜託。」阿鈴合十小手懇求。

老爺子苦笑，看了一眼房間擺的箱子，

「全都很大。太大了。我討厭抱著東西走路。有沒有甚麼小紀念品可以塞進懷裡？」

「你這是強人所難——」

「那我就走了。打赤腳也無所謂。紀念品就免了。」老爺子說完，真的打赤腳就想衝出簷廊外。

「請等一下，欸，等等。我去問阿照。」

阿鈴慌忙衝進裡屋，不久就叼著一根稻穗回來。

「拿去，這是阿照的髮簪。請你別忘記阿照。改天再來。」

老爺子驀然回神，發現自己趴在竹林入口。搞了半天原來是一場夢嗎？但他發現右手握著稻穗。寒冬的稻穗很稀奇，而且還有種玫瑰花似的馥郁香氣。老爺子鄭重其事帶回家，插在自己桌上的筆筒中。

「咦，那是甚麼？」老婆子在家做針線活，眼尖地發現那根稻穗，開口問道。

「稻穗。」他照例用含糊不清的口吻說。

「稻穗？這個季節應該很少見。你從哪撿來的？」

「不是撿來的。」老爺子低聲說，打開書本開始默讀。

「那就奇怪了。你最近天天在竹林裡打轉，失魂落魄地回來，今天卻一臉喜氣洋洋地拿那種東西回來，還鄭重其事地插在筆筒中，你肯定有事瞞著我。如果不是撿來的，那是哪來的？你倒是給我說清楚。」

「是從麻雀鄉得來的。」老爺子很不耐煩，冷冷說道。

然而，這樣的答覆，自然不可能讓現實主義的老婆子滿意。老太婆依舊纏著他不停問東問西。向來不會說謊的老爺子，只好如實交代自己不可思議的經歷。

「天啊，這種話你是在說真的嗎？」老太婆最後錯愕地笑出來。

老爺子已不再回答。他托著腮，恍惚望著書本。

「那種鬼話，你真以為我會相信嗎？你肯定在騙我。我清楚得很。打從上次，對，就是上次，你忘啦，打從那個年輕女客人來過，你就變得判若兩人。整天坐立不安，還不斷唉聲嘆氣，簡直像戀愛中人。丟臉死了。老不修。你瞞我也沒用。我都知道。那個女孩到底住在哪裡？該不會在竹林裡吧？我可不會上當。竹林中有小房子？房子裡有人偶似的可愛小姑娘？哼，那種騙小孩的鬼話，我可不會被你唬弄過去。如果那是真的，下次你去的時候就拿一個箱子回來給我看。你做不到吧？因為那是你自己瞎掰的。如果你真的從那不可思議的房子揹一個大箱子回來當證據，我或許還會當真，可是你拿這麼一根稻穗回來，說是那個人偶姑娘的髮簪，虧你講得出這麼可笑的鬼話。是男人就老老實實招認。我自認也不是不明事理的女人。

一、兩個小妾我還不在乎。」

「我不想拿那麼大的箱子。」

「噢？是這樣嗎？那好，我代替你去吧。怎麼樣？只要趴在竹林入口就行了是吧？那我去。這樣你也無所謂嗎？你不敢讓我去吧？」

「妳要去就去。」

「哎喲，你臉皮可真厚。明明滿嘴謊言，還叫我要去就去。那我真的會去喔。你不在乎？」老太婆說著，露出不懷好意的微笑。

「看樣子，妳好像很想要那些箱子。」

「對，沒錯、沒錯，反正我就是這麼貪心。我就是想要那些禮物。那我現在就去一趟，把那些箱子之中最重最大的搬回來。呵呵呵。雖然可笑，但我還是去看看吧。我最恨的就是你那種若無其事的清高嘴臉。我現在就去撕下你那假聖人的外皮。只要趴在雪地上就能去麻雀鄉？哈哈哈！太可笑了，不過，我就姑且照你所描述的，親自去看一看吧。等我回來之後，就算你那時才承認是騙人的也不管用囉。」

老太婆自己把話說死了，只好當真收起針線工具走下院子，踩著積雪進入竹林。

後來發生了甚麼事，筆者也不知道。

傍晚時，老太婆揹著又重又大的箱子，趴在雪地上渾身冰冷地斷了氣。似乎是因為箱子太重壓得她爬不起來，就這樣活活凍死了。而箱子裡，據說裝滿了金光燦爛的金幣。

不知是否靠著這些金幣，老爺子不久就出仕當官，最後據說貴為一國宰相。世人都稱他麻雀大臣，把他的功成名就視為他往年疼愛麻雀的福報，然而，據說老爺子每次聽到別人這樣恭維時，就會幽幽苦笑說：「不，是拜我內人所賜。我讓她吃了不少苦。」

輯二　新解諸國故事

序言

第一，雖然我採用「新解諸國故事」這個以我個人才學深覺漢字生僻的名稱，但這絕非西鶴[1]作品的現代版翻譯。我認為古典文學的現代版翻譯多半毫無意義，非作家所應為。大約三年前，我以《聊齋誌異》其中一則故事為主幹，加上自己天馬行空的幻想，寫成〈清貧譚〉這則短篇小說，刊載在《新潮》雜誌的新年號，所以大致上我打算沿用那套做法，努力為讀者獻上些許奇珍異香。西鶴是舉世最偉大的作家。即便是梅里美、莫泊桑等優秀作家也遠遠不及。我這樣的改寫，若能讓大家更深入相信西鶴的偉大，那麼我粗陋的工作想必也非毫無意義。我計畫從西鶴的全部著作中挑選二十篇我個人喜歡的小品，自由添加我的幻想，完成以「新解諸國故事」為題的一冊。首先，我想借用《武家義理物語》中〈因我失物而成裸川〉這則故事的題材寫我的小說。西鶴的原文是只有一千字左右的小品，但我寫來應會膨脹十倍變成一萬字。我喜歡西鶴這本《武家義理物語》，以及《日本永代藏》[2]、《諸國故事》、《世間胸算用》[3]等作品。但我並不喜歡所謂的好色物[4]，也不認為有那麼好，甚至覺得那些作品的發想過於陳腐。

第二，前面這段文章，是今年在《新潮》正月號發表〈裸川〉時寫的前言。後來我一點一滴繼續這項工作，起初預定寫二十篇左右，但是寫了十二篇就打住了。重讀之後對成果頗為不滿，自己看了都臉紅，不過，這或許就是我現在的能力極限。寫這十二篇短篇比寫一篇長篇小說更吃力。

第三，如果看了目次便可大致明白，本書題材是從西鶴的全部著作廣泛蒐羅而來。因我認為變化多端應該會更有趣。故事的舞台也刻意遍及蝦夷[5]、奧州[6]、關

---

1 井原西鶴（一六四二—一六九三），為江戶時代大眾娛樂小說、人形淨琉璃作者兼俳諧師。代表作有《好色一代男》、《好色五人女》等。

2 《日本永代藏》，西鶴描寫商人的代表作之一。「永代」是永久之意，「藏」是倉庫，隱喻財富。因此「日本永代藏」是「日本永久富有」之意，也就是日本致富寶典。

3 《世間胸算用》，西鶴描寫商人的代表作之一。「胸算用」的意思是在心中盤算，因此也有人將書名譯為「處世費心機」。

4 好色物，江戶時代的一種小說，主要以花街為舞台，描寫人們的享樂與愛慾生活。

5 蝦夷，古代住在北關東至東北、北海道地區，不服從大和朝廷的異民族。

6 奧州，日本古代的陸奧國。相當於現在的福島、宮城、岩手、青森四縣及秋田縣的部分地區。

東、關西、中國、四國、九州各地。

第四，然我畢竟是生於東北的作家，不是西鶴，寫來難免會有東鶴或北龜之流的味道。而且這個東鶴或北龜，相較於西鶴甚為青澀。年齡這碼事，似乎無可奈何。

第五，這項工作從我動筆迄今已將近一年。期間日本發生了種種事情。我個人也不知明日命運如何。因此我認為值此關頭，讓讀者清楚地理解堪稱日本作家精神的傳統非常重要，即便在空襲警報的日子也不曾輟筆。雖對成果深感不滿，然我深信，這份工作是生於昭和聖世的日本作家被賦予的義務，算是寫得相當賣力。

昭和十九年晚秋，於三鷹草屋

目次

篇名	故事舞台	原文出處	原文出版時間
〈人窮志不窮〉	江戶	《諸國故事》	西鶴四十四歲時
〈大力〉	讚岐	《本朝二十不孝》	四十五歲
〈猿塚〉	筑前	《懷硯》[7]	四十六歲
〈人魚之海〉	蝦夷	《武道傳來記》[8]	四十六歲
〈破產〉	美作	《日本永代藏》	四十七歲
〈裸川〉	相模	《武家義理物語》	四十七歲
〈道義〉	攝津	《武家義理物語》	四十七歲

7 《懷硯》，以行腳僧見聞錄的形式寫成的怪談故事集。「懷硯」意指可隨身攜帶的懷中硯。

8 《武道傳來記》，專門寫武士殺敵報仇的故事。

〈女賊〉　陸前　《新可笑記》[9]　四十七歲
〈紅色大鼓〉　京都　《本朝櫻陰比事》[10]　四十八歲
〈風雅人士〉　大阪　《世間胸算用》　五十一歲
〈遊興戒〉　江戶　《西鶴置土產》[11]　五十二歲（歿）
〈吉野山〉　大和　《萬文反古》[12]　逝世三年後

9 《新可笑記》，書中收錄關於武士道義的奇談。
10 《本朝櫻陰比事》，這個書名是模仿中國的《棠陰比事》，書中收錄關於訴訟斷案的故事。
11 《西鶴置土產》，西鶴遺稿，描寫富豪們貪戀女色金盡落魄的下場。由門人北條團水編纂出版。
12 《萬文反古》，亦稱《西鶴文反古》，北條團水編纂出版。「萬文反古」的意思是各種書信的廢稿。

人窮志不窮

從前在江戶品川的藤茶屋一帶，有間慘不忍睹的破草屋，住著原田內助這個鬍子濃密得可怕，兩眼充血的中年大漢。面貌凶惡的人，往往對自己外貌的威嚴自慚形穢，反而會變得異樣軟弱，這個原田內助亦然。雖然他生得濃眉大眼，有張看來不同凡響的出色臉蛋，實際上卻是個窩囊廢，每次練劍時總是緊閉雙眼發出怪叫像無頭蒼蠅般胡亂向前衝，直到撞牆才說聲傷腦筋，因此得來「撞破牆」這個響亮的綽號。某次他聽了賣蜆的狡猾少年捏造的坎坷身世，當下感動得放聲大哭，把蜆全部買下，拿回家被老婆臭罵一頓，連著三天早中晚三餐都被逼著吃蜆，最後引發胃痙攣痛得打滾。一翻開《論語》第一頁〈學而第一〉篇必然會去見周公。他討厭毛毛蟲，只要看到了，總是尖叫著張開十指仰身向後躲。被人灌兩句迷湯就像中邪似的傻呼呼跑去典當東西請別人吃飯。除夕當天一早就開始喝酒，作勢切腹自殺趕走上門討債的人。他住草庵也不是因為追求風雅，只不過是自然而然淪落到此地步，是個落魄潦倒的窮光蛋，令親戚頭疼的流浪武士。幸好他還有兩、三個有錢的親戚，走投無路時就靠那些人接濟，得來的錢大半買酒，甚麼春花秋葉全都無心欣賞，只是在窮得焦頭爛額中過著有一天算一天的拮据生活。但對春天的櫻花和秋天的紅葉還可以視而不見照樣過日子，問題是一年一度的除夕總不可能佯裝不知。眼看今年的除夕又將來臨，原田內助只好眼神狂亂狀若瘋子，胡亂揮舞長刀，發出嘿嘿怪笑嚇跑來討債的人。眼看後天就是大年初一，他卻連天花板的煤灰都沒掃，鬍子也沒刮，梅乾菜似的被褥還攤在地上沒收拾，如譫語般無力咕噥著「要來就來吧」這種可悲的說詞，然後又嘿嘿笑了。雖然這已成了每年慣例，妻子還是受不了這種如在地獄的痛苦，遂從後門衝出，直奔自家兄長——住在神田明神橫巷的醫師半井清庵家，淚漣漣哭訴困境求助。清庵對於妹妹三天兩頭上門雖然也很受不了，不過此人生性灑脫，笑著說「親戚之中有一個那樣的笨蛋，也算是浮世百態」，拿紙包了十枚金餅，寫上「貧病妙藥，金用丸，包治百病」，交給不幸的妹妹。

但原田內助看到妻子拿回來的那包貧病妙藥，不僅不高興，反而板起臉，語帶嘶啞說出怪異的發言：「這筆錢不能用。」妻子心想丈夫難道真的瘋了，不禁愣住了。但他並沒有瘋。窩囊廢即便在接受幸福時，都顯得極為笨拙。面對突然降臨的幸福，他手足無措，羞窘不已，反而會強詞奪理甚至惱羞成怒，把好不容易得來的幸福趕走。

「如果用掉這筆錢，說不定會折壽，害我死掉。」內助煞有介事說，「難不成妳想謀害親夫？」他通紅的雙眼瞪視妻子，然後默默一笑，「妳應該不至於是那種母夜叉。還是喝酒吧。不喝大概會死。噢，下雪了。好久沒和風雅的好友把酒言歡。妳現在就跑一趟，把附近的友人都叫來吧。山崎、熊井、宇津木、大竹、磯、月村，就請這六人來。不，再加上短慶和尚，總共七人。妳快去請他們來。回程順便去酒鋪買酒，至於下酒菜……算了，用家裡現成的湊合一下就好。」說穿了很簡單，他只是太高興，亢奮之下忽然想喝酒了而已。

山崎、熊井、宇津木、大竹、磯、月村、短慶這些流浪武士都住在附近的大雜院，過著有一頓沒一頓的貧窮生活。接到原田賞雪喝酒的邀請，眾人覺得至少今晚可以暫時擺脫除夕被人催債的苦楚，就像久旱逢甘霖般歡喜地扯平紙衣[1]的皺痕，把頭伸進壁櫥翻出一堆破銅爛鐵，尋找雨傘和布襪。有人身穿浴衣外罩武士出征用的無袖外套；也有人穿了五件單衣，脖子圍上舊棉絮謊稱自己感冒了；有人把妻子的窄袖和服反過來穿，再將袖子捲起掩飾女裝袖子的形狀；還有人穿著短內衣搭配騎馬寬褲，再套上繡有家徽的夏季外套；也有人把衣襬破損露出棉絮的棉袍撩起塞到腰間，露出多毛的小腿，總之沒有一個人的服裝是正常的。但武士的交往就是不同凡響，眾人齊聚原田家後，無人嘲笑彼此的服裝，嚴肅行禮互打招呼各自坐定，由身穿浴衣披無袖外套的山崎老主動上前，代表今晚的客人落落大方向主人原田致謝，原田也一邊遮掩紙衣破裂的袖口一邊說，

「歡迎各位光臨。拋開除夕的煩惱賞雪品酒或也別有趣味，同時也想為久未問候致歉，所以今晚特邀各位前來，承蒙各位立刻赴約，在下深感榮幸。請各位別客氣儘管慢用。」說著，送上寒酸的酒菜。

客人之中有人拿著酒杯簌簌顫抖。問那人是怎麼了，那人拭淚說，

「沒事，不用理我。我只是因為窮困潦倒，久未喝酒，說來丟臉，竟已忘了該怎麼喝酒。」說完落寞一笑。

「我也是。」穿著短內衫搭配騎馬寬褲的人促膝上前，「沒想到現在竟有機會

1 紙衣，和紙做成的衣服，也作為防寒衣物或寢具。由於價格低廉，近代以來多半是窮人使用。

連喝兩、三杯，感覺很奇怪，不知接下來該如何是好，竟然忘記醉酒的方式了。」

大家似乎皆有同感，舉座不勝唏噓，略帶顧忌地小聲互相敬酒。之後，眾人似乎都想起了醉酒的方式，也出現笑聲，等到席間漸漸熱鬧起來時，主人原田取出那個包著十兩金餅的紙包，

「今天有個寶物想給各位一同觀賞。諸位阮囊羞澀時，會毅然戒酒縮衣節食，因此就算除夕這天手頭緊，想必也沒有我原田這麼拮据，我這人天生就是越缺錢越想喝酒，因此欠了一屁股債，每到年底債主上門討債時，就好像眼前出現八大地獄苦不堪言。只好拋開武士的尊嚴，丟臉地向親戚哭訴求助，今年好不容易從親戚手裡得到這十兩金餅，總算可以過個像樣的新年，但這種幸福若我一人獨享，說不定會折壽早死，所以才起意今天邀集各位，想要痛快喝一場。」他喜孜孜地說完，舉座眾人卻各有所思地唉聲嘆氣。

有人說，「搞甚麼，早知道是這樣，我就根本不客氣了。我還怕待會要收聚餐費，少喝了好幾杯。」

也有人說，「既然如此，那我要多喝幾杯，分享這個福氣。等我回家後，說不

定會意外收到親友匯款接濟呢。」

還有人說，「家有好親戚的人真幸福。哪像我的親戚，反過來還想算計我的錢包，想想真沒意思。」於是席間氣氛益發熱鬧，原田非常滿意，抹去鬢角的酒滴說，

「不過，好久沒摸過錢，這樣把十兩金餅放在掌心，還挺沉重呢。如何，各位要不要也輪流放在掌上試試？當成金錢或許覺得俗氣，但這並不是錢。你們看，這包裝紙上不是明白寫著嗎？『貧病妙藥，金用丸，包治百病』。我那親戚是故意寫這個調侃我，來，別客氣，請各位傳閱一下吧。」他說完就把十枚金餅連同包裝紙塞給客人，客人紛紛對金餅的重量驚嘆，也很佩服親戚寫那行字的風趣，依次傳閱後，有人因此萌生賦詩的靈感，借用筆硯在那張包裝紙的空白處寫下「喜得妙藥治貧窮，雪中送炭現光明」湊趣，席間杯觥交錯也更加熱鬧，等到金餅繞了一圈回到主人膝上時，年長的山崎肅然坐正，

「啊，託你的福度過美好的除夕夜，不知不覺打擾了這麼久。」他很有分寸地道謝，「那就由我獻醜。」他的脖子圍著舊棉絮似乎有點感冒，但他挺起胸膛開始

唱千秋樂[2]，賓主一同在膝上輕輕打拍子。眾人唱完，走得乾淨俐落，無論今昔都秉持武士的節操，把燙酒的鍋子、餐盒、裝醃漬小菜的罐子這些放在自己周遭的器皿拿到廚房交給女主人後，見那些金餅仍散落主人膝頭，勸他把金子也收好，於是原田隨手攏到一起，忽然臉色一變。金餅少了一枚！但原田雖嗜酒，卻是軟弱的男人。虧他長了一張凶神惡煞的臉孔，實則總是小心翼翼看旁人臉色，替別人著想。他雖吃驚，仍裝著若無其事就想收起金餅，這時眾人之中的老大哥山崎舉手叫他等一下，「少了一枚金餅呢。」山崎輕聲說。

「噢，不是啦，這是……」原田彷彿自己做壞事被人撞破，當下結結巴巴，「這是……對了，這是你們光臨之前，我付了一兩給賣酒的，剛才我拿出來時就是九兩，沒有任何問題。」他說，但山崎大搖其頭，

「不對不對，不是那樣。」老人很頑固，「我記得剛才放在手上時，分明是十枚金餅。雖然燈光昏暗，但我山崎可沒有老眼昏花。」山崎說得斬釘截鐵，其他六個客人也異口同聲說的確是十枚金餅。於是全體出動，拿著燈籠四處找遍房間每個角落，但到處都沒發現金子。

「既然如此，我願意脫光證明我的清白無辜。」山崎這個老頑固人窮志不窮，即便乾瘦潦倒畢竟忝為武士，憤然表示蒙上莫須有的嫌疑是畢生奇恥大辱，脫下無袖外套打個寒噤，接著又把皺巴巴的浴衣也脫下，全身上下只剩一條兜襠布，像要撒網捕魚般動作誇張地把浴衣一抖，

「你們都看清楚了嗎？」他臉色蒼白說。其他的客人見此也不甘示弱，接著是大竹站起來抖開有家徽的夏季外套，揮舞短內衣，然後脫下騎馬寬褲，暴露他連兜襠布都沒穿的事實，但他始終板著臉，把褲子倒過來抖一抖，室內氣氛逐漸殺氣騰騰越來越緊繃。接著是把棉袍塞到腰間露出毛腿的短慶和尚，他正要起身，卻好似突然劇烈腹痛般整張臉皺成一團，發出一聲呻吟，

「偏巧我剛剛才做了應景的拙劣詩句。『喜得妙藥治貧窮，雪中送炭現光明』。各位，我的懷裡的確有一兩金餅。事到如今也用不著脫下衣服抖給你們看了。這真是無妄之災。縱然我努力解釋也欠缺男子氣概。不如現在就以死明志。」

2 千秋樂，謠曲〈高砂〉的結尾。經常在婚宴上吟唱。代表事物的結束。

話還沒說完，他已將雙臂從袖子掙脫而出，作勢要抽出腰間佩刀，主人連同其他人急忙跑過去按住他的手，

「沒有任何人懷疑你。不只是你，我們雖然都過著有一天算一天的窮苦生活，有時懷裡偶爾也會有那麼一兩金子。同為窮人，我們能理解你想以死證明清白的心情，但是又沒人懷疑你，切腹自殺豈不是太愚蠢。」眾人紛紛勸說，短慶益發憤恨自己的倒楣，滿腔悲憤地咬牙切齒說，

「謝謝你們的安慰，諸位的盛情讓我死也瞑目了。在這種追究一兩金子下落的緊要關頭，偏偏我倒楣地帶著一兩。就算你們不懷疑，也洗刷不了我的嫌疑。成為世間笑柄，將是畢生恥辱。我也沒臉苟活於世。老實說，我懷中這一兩，是昨天我把我的德乘[3]小刀以一兩二分賣給坡下的骨董商人十左衛門得來的金子，但事到如今就算我如何抱怨解釋也是武士之恥。我甚麼都不多說了，直接死給你們看。如果對我這倒楣的朋友還有一絲同情，待我自殺後，請諸位去坡下的骨董店確認事實，洗雪我的恥辱，拜託！」短慶激動放話後，又掙扎著要去拔刀，這時，

「咦？」主人原田驚呼，「金子在那裡！」

一看之下，燈下分明有一枚金餅。

「搞了半天，原來掉在那種地方啊。」

「俗話說燈下黑嘛。」

「失物總是在平凡無奇之處出現。有鑑於此，平時多加留心很重要。」山崎說。

「唉，這枚金餅可真會折騰人。害我的醉意都醒了。咱們重新喝酒吧。」主人原田說。

就在大家七嘴八舌笑得開懷時，廚房那邊傳來原田妻子的驚呼。妻子隨即從廚房慌慌張張跑過來，「金餅在這裡！」她說著，遞上餐盒的蓋子。那裡分明也有一枚金餅。眾人面面相覷不明就裡，妻子脹紅了臉撩起臉上的碎髮尷尬地笑了，氣喘吁吁說，「之前我把煮山藥裝在餐盒裡端上桌，蓋子被外子隨手放在榻榻米上，我就拿起來墊在餐盒底下，大概是那時，蓋子內側的蒸氣讓金餅黏在上面，粗心的我也沒發現，就這麼收回了餐盒，剛剛準備洗餐盒時，這才意外地發現金餅。」主人

---

3 德乘（一五五〇—一六三一），江戶時代前期的知名鑄劍師。

和客人聽了全都一臉詫異，還是只能面面相覷。這下子，金子變成十一兩。

「唉，真希望我也能有此幸運啊。」在座的老大哥山崎，過了一會才嘆息著說出找錯重點的意見。「太好了。十兩金子有時的確有可能變成十一兩。這是常有的情形。你就先收起來吧。」看來此人有點老糊塗了。

其他的客人雖對山崎荒唐的意見很傻眼，但也覺得當下這種情況，請原田收下錢是最穩當的做法，於是紛紛隨口表示：

「那樣最好。肯定是你親戚一開始就包了十一兩給你。」

「沒錯，畢竟你親戚似乎很幽默，所以八成是假裝給十兩，其實放了十一兩來戲弄你。」

「原來如此，這也是別出心裁的點子。想出這種主意挺風雅的。總之你就收起來吧。」

總之大家硬掰出理由想塞給原田，但這時，軟弱嗜酒的窩囊廢原田內助，忽然展現出想必是這輩子唯一一次的異樣堅持。

「你們就算這樣哄我也沒用。請不要把我當傻子。恕我冒昧直言，其實大家都一樣窮，結果只有我有幸得到十兩，老天爺的恩賜卻未落到各位身上，我實在於心不安。如果不喝酒簡直難以忍受，所以今晚才招待各位，以免我過分幸福遭來天譴，沒想到又降下奇妙的災難，十兩我都已不知所措了，現在你們還要為難我，硬塞一兩給我，你們真是太沒義氣了。我原田內助雖然貧窮，好歹也是武士，金錢於我如浮雲。不只是這一兩，就連這十兩，也請各位帶走。」他氣憤的方式著實奇怪。像這種軟弱的男人，碰上對自己稍微有利的事情，往往會極度惶恐汗流浹背手足無措；可是碰上自己吃虧時，立刻判若兩人似的扯些傲慢的歪理，努力讓自己吃更大的虧，完全聽不進別人的勸說，只是一心一意堅持那些歪理。正所謂物極必反。換言之，這是一種自尊心的倒錯。原田這時也拼命結結巴巴搖頭，堅持主張自己的意見。

「你們別把我當傻子。十兩金子怎麼可能變成十一兩，別開這種不好笑的玩笑了。一定是誰剛才偷偷拿出來的吧。肯定是這樣沒錯。你們之中的某人不忍見短慶陷入窘境，想臨時救急，於是悄悄把自己的一兩金子掏出來。搞這種小把戲很沒意思。我的那枚金餅，明明黏在餐盒的蓋子內側。掉在燈籠旁的那枚金餅，肯定是誰出於同情自掏腰包。現在把那一兩金子塞給我，完全不合理。難道你們以為我是那種見錢眼開的人嗎？窮人也有窮人的骨氣。恕我囉嗦地再次強調，光是有十兩，我就已經很難受，對整個世間都很厭煩了，偏偏這時還要塞一兩給我，難道是老天爺也放棄我了？看來我的武運也到此為止，就算切腹也得洗雪這種恥辱。我雖是好酒貪杯的笨蛋，但我還沒有糊塗到被各位唬弄，真以為金子會生金子。快點，這一兩是誰拿出來的，請趕快收回去。」

原田本就是面相凶惡的男人，一旦端坐著嚴肅開口，看來相當嚇人。在座眾人都縮起脖子不發一語。

「是誰拿出來的請自己承認吧。此人深情重義是了不起的人物。我願意一輩子追隨此人效命。在這種一文錢都寶貴的除夕夜，此人竟能不動聲色地在燈旁大手筆放下一兩，解救短慶的困境。窮人同病相憐，不忍看到短慶為難，寧可默默捨棄自己寶貴的一兩，這真是了不起的人格。我原田內助佩服之至。這位了不起的人物，就在你們七人之中。請報上名來。堂堂正正地站出來。」

被他說到這種地步，那位默默行善者恐怕更不好意思出面承認了吧。這種時候就可看出原田果然是沒用的男人。七個客人只是頻頻嘆息忸怩不安，這樣下去沒完沒了。好好的醉意也醒了，室內氣氛很尷尬，唯有原田瞪著充血的雙眼，急躁地一直催人出面承認，僵持到雞鳴報曉時，原田終於忍無可忍，

「一直挽留各位也不好意思。如果實在無人承認，那也沒法子。這一兩，我就放在這餐盒的蓋子上擺在玄關角落。請各位一一離去。屆時金餅的主人就默默把那一兩帶走。這樣的處置各位意下如何？」

七個客人如釋重負地抬起頭，紛紛贊同說這樣最好。實際上，對於優柔寡斷的原田而言，難得有這麼好的主意。軟弱的男人碰上對自己沒好處的事情，偶爾也會這樣想出特別高明的主意。

原田有點得意。當著眾人的面，把一兩金子放在餐盒蓋子上，拿去玄關放置後，

「我把金子放在脫鞋口台階的右端最暗之處，如果不是金子的主人，甚至無法看清那裡有沒有金子。請逕行離開。至於金子的主人，可以摸黑取回金子後若無其事離開。那就開始吧，請山崎老先走。啊，對了，走時請把紙門關緊。等到山崎老

走出玄關，再也聽不見他的腳步聲時，下一位再離開。」

七個客人依他所言安靜地逐一告辭。之後妻子拿著蠟燭去玄關一看，金子已經不見了。她感到莫名的戰慄，不禁問丈夫：

「到底是哪一位？」

原田滿臉睡意說，

「不知道。家裡已經沒酒了嗎？」

雖然落魄，武士果然就是不一樣呢。妻子如此想著，可憐又緊張地去廚房替丈夫燙酒了。

《諸國故事》，卷一之三，〈除夕夜算錯錢〉

大力

從前在讚岐[1]地方的高松，有位名聲顯赫響遍四國的大富翁，經營丸龜屋這家錢莊。他的獨子才兵衛打從呱呱落地就骨架粗大眼如銅鈴，面貌非比尋常，三歲的時候手腳筋骨已骨節分明，隨手揮起長尺朝家裡養的貓咪腦袋一打，貓咪不及吭聲便立時斃命，奶媽驚訝地抱起貓的屍體一看，貓的頭蓋骨已被打得粉碎，嚇得立刻辭職求去。才兵衛六歲時已成為附近的孩子王，抱起綁在後面草原上的小牛頂在頭上四處遊走炫耀，嚇得小玩伴們戰慄不止，之後他天天把那隻小牛當玩具，即便小牛逐漸長大，因為一開始就扛習慣了，所以他還是不費吹灰之力就抓著小牛四肢舉到比眼睛還高的地方。等到牛越來越大，才兵衛九歲時，那隻牛也已變成可以從容拉車的大黑牛了，但才兵衛還是毫無懼色地抱起牠獨自大笑，如今他的玩伴們都感到有點害怕，再也沒人肯跟他玩，才兵衛只好獨自爬上後山拔起大杉樹，把比牛還大的岩石從崖上踢落，意興闌珊地玩耍。

當他十五、六歲時，已經滿臉鬍子看似三十歲，面貌異樣老成持重，看起來一點也不可愛，當時讚岐地區流行相撲，大關[2]是天竺仁太夫，接下來還有鬼石、黑駒、大浪、雷、白瀧、青鮫等力士，取的名字都很古怪。無論是鄉下養牛的、山裡砍柴的，或者自關西地區流落而來的專業力士，都為了練習相撲四十八招弄得皮開肉綻骨頭碎裂。但即便受到無用的重傷，眾人對此道似乎依然特別有興趣，不僅不死心還綁上綢緞做的兜襠布，有時兜襠布鬆脫滑落，也板著臉毫無笑意，熱切討論著上手招式該如何、下手招式又如何、雙足又有怎樣的招式，把相撲當成天大的事情鬧騰，汗也不擦地扭打成一團，甚至忘了工作，回到家後，就攤成比常人大一倍的大字型像死人似的呼呼大睡。本就以怪力自豪的才兵衛，當然不可能袖手旁觀。他也綁上綢緞做的兜襠布，跳上相撲的土俵，張開雙手叫對方放馬過來。但大家都知道才兵衛從小就有一身怪力，因此頓時失去興致，有人匆匆穿上衣服準備離去，也有人不知是拍馬屁還是忠告或指責，躲在人群後面，藏頭縮尾地小聲說出「小少爺還是省省力氣吧，嘿嘿，這可不適合貴人的身分」這種莫名其妙的話。

這些人當中，有個來自關西的專業力士名叫鰐口，在關西實力太弱出不了頭，

1 讚岐，位在四國的香川縣。

2 大關，相撲力士的地位。其位列橫綱之下，關脇之上，為第二高的位階。其中，大關與排名其下的關協、小結並稱「三役」。

但來到鄉下後，畢竟是常年訓練過相撲招式，輕而易舉就能對付鄉下這些年輕人的一身蠻力。他當下自告奮勇，泰然自若地上了土俵，把咬牙切齒衝過來的才兵衛的腳一撇，輕輕鬆鬆制伏了他。才兵衛就像死青蛙般灰頭土臉趴在土俵中央，彷彿還在作夢，他晃晃腦袋覺得這種招術真神奇，一臉懵懂地爬起來，瞪了一眼起鬨大笑的觀眾讓他們閉嘴後，為了掩飾羞愧，謊稱肚子痛就此返家，但他還是很不甘心。撕爛一隻雞煮熟後連肉帶骨吃光有了力氣，當晚立刻跑去鰐口家說，「之前我是因為肚子痛才意外落敗，這次我可不會輸，我們就在院子比畫一番吧。」鰐口正在吃晚餐喝小酒，當下覺得很煩，不過看這小子糾纏不清還來挑釁，於是脫下衣服跳下院子，對著才兵衛撞過來的巨軀左閃右躲，輕鬆自如地逗弄對方，才兵衛逐漸頭暈眼花，把院子的松樹當成鰐口，嘿咻一聲抱住，氣喘吁吁大吼一聲「可惡」，一下子就拔起大樹。

「喂、喂，你可別亂來。」鰐口被才兵衛的怪力驚呆，心想如果繼續這樣和對方耗下去，還不知會發生甚麼事，於是跳上簷廊匆匆穿好衣服，改使出懷柔策略：「小鬼，不如來喝酒吧。」

才兵衛拔起松樹舉到比眼睛還高的位置，忽然一看房間，鰐口竟坐在那裡笑著飲酒，他嚇了一跳，幼稚地以為鰐口神出鬼沒定非凡人，扔開松樹就在院子平伏在地，放聲大哭懇求對方收他為徒。

才兵衛敬鰐口如神明，翌日起開始學習相撲四十八招，他本就大力無雙，進步更是顯眼，鰐口教起來也覺得很有成就感，才兵衛更是欣喜若狂彷彿升天，無論睡時醒時，滿口都是四十八招、四十八招，睡覺翻身說夢話還在惦記明天要用哪一招攻擊。或許是他的熱誠感動神明，他的相撲技術變得相當厲害，如今就連師父鰐口都有點招架不住，他心想如果被徒弟摔得狗吃屎未免太沒面子，於是某日他一本正經，說出「你學相撲也可以出師了，今後莫忘初心」這種莫名其妙的訓詞，最後表示「我給你取名荒磯，以後你不用來上課了」，說完就連忙敬而遠之。才兵衛沒發現自己其實是被師父草草打發，滿心只想著「我終於也成為力士了嗎？太好了，從今天起我就是荒磯了，這名字多威風啊，啊呀，師恩果真比山高」。他喜極而泣，之後，無論在哪個相撲賽場都發揮無敵的威力，十九歲時把讚岐的大關天竺仁太夫埋在土俵的沙中打得半死不活，雖然其他力士對他的評價都很負面，認為他犯不著出手這麼狠毒，但他不以為意，還傲然放話表示，相撲只要能贏就好。因此益發遭到眾人憎恨。

丸龜屋老闆之前就對自家兒子才兵衛以怪力自豪深感不滿，但他就算想說甚麼，在才兵衛的冷酷瞪視下，竟對親生兒子心生畏懼，面對那種怪力完全施展不出父親的威嚴。他自覺這把細瘦的老骨頭就像木葉微塵，於是顫抖著打消原意，決定暫時靜觀其變，但是近來才兵衛迷戀相撲竟把別人打成殘廢，似乎成了世間公害，父親終於再也看不下去，某日戰戰兢兢開口，

「才兵衛先生啊。」他對自己的兒子用上尊稱，柔聲喊道，「人類在天神統治的時代就已懂得穿衣服了喔。」他太過顧忌，以至於說出自己也莫名其妙的話。

「是嗎。」荒磯神色古怪地看父親。父親益發為難，

「光著身子用四肢進行危險的較量，夏天或許涼快，但冬天恐怕很冷吧。」父親垂著眼摩挲膝蓋說。荒磯忍不住噗哧笑出來，

「你是要叫我放棄相撲吧？」他隨口反問。父親嚇了一跳，連忙擦汗說，

「不不不，我絕對不是叫你放棄相撲，不過就算要玩，你也可以玩楊弓[3]嘛。」

「那是女人和小孩子玩的。一個大男人用筋骨粗大的手抓著那種小弓，就算展現百發百中的本領又有何用，遇上強盜襲擊時，拿那個射強盜肯定只會遭對方恥笑，就算射中偷魚的貓，貓大概也不痛不癢。」

「也對。」父親贊成。「那麼，那個叫甚麼十種香，分辨各種焚香氣味的遊戲呢？」

「那個也很無聊。我要是有那麼靈敏的鼻子，肯定早就聞到飯燒焦了，讓女傭把大灶底下的柴火抽出來，至少可以替家裡省點錢。」

「原來如此。那麼，蹴鞠呢？」

「那些人標榜腳下功夫云云似乎練習得很勤快，但球就算沒飛越圍牆直接穿過球門也沒甚麼了不起，況且黑夜只要提著燈籠安靜走路根本不用擔心掉進水溝。沒那個必要去辛苦練習輕盈的步法。」

「有道理，你說得對。不過人還是得有點可愛討喜的地方。你要不要去學學滑

3 楊弓，用楊柳做成的小弓射靶的遊戲。

稽短劇呢？這樣家裡有聚會時，你就可以表演那個給大家看——」

「別開玩笑了。小時候表演那個或許可愛，可我現在都有鬍子了，就算扮演太郎冠者[4]也只會讓觀眾冒冷汗。只有媽會促膝上前大聲叫好，讓我們一家成為附近的笑柄。」

「說得也是。那麼，插花呢？」

「唉，還是省省吧。你是不是老糊塗了？那是因為住在深宮內院的貴人少有機會看到野地綻放的四季鮮花，這才特地弄來深山的松柏，放在眼前欣賞那新鮮生動的姿態取樂，從此有了插花之道。可我們這種下等人就算摘下院子的山茶花，或用鋸子鋸斷盆栽的梅樹放在壁龕裝飾也毫無意義。還不如就那樣直接賞花。」他說的話句句言之有理，因此父親也無話可說，

「還是相撲最好是吧。那你就好好幹。爹也不討厭相撲喔。我年輕時也玩過。」

如此這般，這場談話最後可笑地收場。妻子很瞧不起丈夫的無能，她覺得如果是自己出馬，肯定不會那樣說。於是某日，她偷偷把才兵衛叫到內室，先呵呵呵笑得花枝亂顫說，

「才兵衛啊，你過來坐下。瞧你鬍子都長這麼長了，怎麼不刮一下？頭髮也那麼蓬亂，過來，我幫你梳理一下。」

「不用管我。這叫做相撲的亂髮，是很風雅的。」

「噢？這樣啊。不過光是知道風雅這個名詞就挺厲害的。你今年幾歲了？」

「妳這是明知故問。」

「十九歲是吧。」母親很鎮定。「我嫁來這個家時，你爹十九歲，我才十五，你爹那個人啊，小小年紀就開始花天酒地，十六歲時已懂得上茶室喝花酒，穿衣打扮甚麼的，那才是風流瀟灑呢。即便和我結婚後，他也經常去關西，交了很多女朋友，別看他現在那張老臉皺成一團分不清是往哪兒看，他年輕的時候可是相當俊俏，稍微這麼低頭的樣子，和現在的你一模一樣。你跟你爹一樣睫毛長，低頭的時候面帶憂鬱，肯定會受女人喜歡。去關西讓島原花街的美女傷心哭泣，那可是生為男人最大的福氣喔。」母親說著，別有暗示地賊笑。

4 太郎冠者，狂言（傳統喜劇）的角色之一，在劇中通常擔任首席男僕。冠者指成年男子，如果召使有好幾個，就依序稱為次郎冠者、三郎冠者等等。

「真無聊。我只有打女人時才會讓女人哭泣。按照相撲界的說法，那招叫做張手。只要來上兩、三個巴掌，沒有女人不哭。如果讓女人哭就是幸福，那我今後會更加努力練習相撲，把全世界的女人都打得痛哭流涕給妳看。」

「你胡說甚麼。跟我講的完全是兩回事。才兵衛啊，你十九歲了。你爹十九歲時已經把茶室能玩的都玩遍了。你不如也去關西那邊賞賞花，順便去島原花街玩一玩，就算花個一千兩、二千兩，咱們家也不缺那點銀子，如果有你中意的女人，就替她贖身，找個風景優美的地方蓋棟漂亮的房子，和那女人玩一陣子辦家家酒的遊戲不也不錯嗎？你就在你喜歡的地方，蓋你想要的氣派大宅吧。到時候，我會把米、油、味噌、鹽、醬油、木炭，和你倆四季替換的衣服通通都準備好給你送過去，錢也是，你想要多少我就給你寄多少。如果你嫌只守著那女人太冷清，就從京都多叫兩、三個小妾過去陪你，另外，還要三個年輕的丫鬟，還有內院管事、管餐具的、做針線的女人，還需要二個在廚房做粗活的婆子，二個貼身小廝，一個小和尚，一個按摩師，喝酒時唱歌助興的傳右衛門，一個廚子，二個轎夫，大小二人保管草鞋，一個外院管事，大致上我打算先給你配上這些人手，我說這些話都是為你好，你就去賞花順便玩一玩——」母親拼命勸說。

「關西那邊，我早就打算去一次。」他說得很輕鬆，母親高興得促膝上前，

「只要你肯去，之後隨便你是要蓋豪宅，或是要小妾和丫鬟，還是要按摩師都行——」

「那些玩意沒意思。聽說關西那邊有黑獅子這個實力強大的大關。我一定要把那個黑獅子埋進土俵的沙中——」

「哎喲，你怎麼還在想那種殘忍的事。不如和喜歡的女人住在豪宅，叫傳右衛門在酒席上唱歌助興——」

「妳說的豪宅，有土俵嗎？」

母親終於哭了。

掌櫃和夥計們躲在紙門後面偷聽，面面相覷地嘆氣，

「如果是我，一定會照夫人的意思做。」

「廢話。就算叫我去蝦夷島最邊端也行，只要能在豪宅享受那種榮華富貴三天，之後我死也甘願。」

「小聲點。萬一被少爺聽見，當心他賞你兩、三記那種厲害的巴掌。」

「那個我可不敢領教。」

眾人臉色一變，連忙悄悄退出。

之後再也無人去勸說才兵衛，才兵衛益發變本加厲，開始嫌棄讚岐地方太小，遂遠征阿波的德島、伊予的松山、土佐的高知等地參加前夜祭相撲賽，毫不留情地推倒對手，造成多人受傷，他卻可恨地嘲笑別人，聲稱相撲只要能贏就好，悠然揚長而去，三餐都生吃牛馬羊肉來增長力氣，大臉像惡鬼一樣通紅，路旁玩耍的小孩見到他就嚇得尖叫病倒，大人遠在三百米外就死命逃跑。如今說到丸龜屋的荒磯，別說是讚岐了，整個四國無人不知無人不曉。才兵衛卻幼稚地把這當成自己的成功，他聲稱自己能夠有今日成就固然是神明恩賜，但首先還是得感謝恩師鰐口，因此要對鰐口師父致上最高敬意云云，害得鰐口無顏面對鄉親父老，無可奈何之下不得不出家。

丸龜屋的人覺得不能再放任他繼續這樣胡鬧，於是全體集合偷偷商量，最後決定唯一的辦法就是給他娶個媳婦拴住他。橫町的小平太婚後就不再沉迷將棋遊戲，坡下的與茂七也在成親後放棄吹奏尺八，才兵衛如果有個漂亮的妻子教他懂得人間情愛，想必也會對那種粗暴的殘忍比賽從此厭倦，所以無論如何都得幫他娶個媳婦。眾人頭碰著頭眼睛發亮地相視點頭，開始四處打聽，最後替他娶了同樣住在讚岐地區的某大地主的長女，新娘子年方十六，長得像人偶一樣美麗，但才兵衛在婚禮當天依然頂著相撲的亂髮，也不知他是真的不知情還是裝傻，竟然還問今天有甚麼事，怎麼來了這麼多客人，甚至殘忍地說這是要辦法會嗎。在父母及親戚們全體懇求下勉強換上禮服，好歹在新娘身旁坐下喝了交杯酒，大家才剛鬆口氣，才兵衛就猛然站起脫下禮服一扔，宣稱做這種無聊舉動會讓手臂沒力氣，跳下院子對著大石頭開始嘿咻、嘿咻地粗魯練習相撲。父母無顏面對新娘的娘家人，背上都是冷汗，拚命解釋：

「他還沒長大。如各位所見還是個孩子。還請別見怪。」

問題是才兵衛看起來根本不像個孩子，倒像是四十歲左右的老頭子。新娘子的娘家人目瞪口呆，

「他那種滿臉鬍子貌似老成且孔武有力的模樣，倒是讓我想起被活活煮死的石

川五右衛門那些土匪強盜。」新娘的家人說出坦率的感想，想到竟把女兒嫁給這種誇張的男人，不禁面面相覷地嘆息。

當晚才兵衛把新娘趕到隔壁房間，還用棍子牢牢抵住二個房間之間的門，新娘委屈地啜泣，他就大聲怒吼「吵死了！」他說，「鰐口師父經常說，夫婦如果太恩愛，就算是壯漢也會變得手臂無力。妳不也是相撲力士的妻子嗎？這種基本常識怎麼能不懂！我討厭女人。我打算向神明許願，一輩子都不近女色。蠢女人！不要哭哭啼啼的，快點去旁邊鋪被子睡覺！」

新娘子被嚇昏了，全家從上到下鬧得雞飛狗跳，娘家人當晚就把狂亂哭叫著「有鬼、有鬼」的新娘塞進轎子帶回娘家去了。

發生這種醜事後，才兵衛的風評更加惡劣，也傳到了如今出家遁世心如止水地在深山庵寺念經一心向佛的師父鰐口的耳中，對師父而言，徒弟風評不佳比甚麼都讓人難過，因此終日耿耿於懷，最後甚至成了他念經拜佛的心魔。於是某晚，鰐口下定決心，變裝打扮成農民下山，去了家鄉的前夜祭會場，蒙著頭巾眺望依舊熱鬧如昔的前夜祭相撲賽，之後荒磯大搖大擺上了土俵，啞聲放話：「今晚也沒人敢跟我較量嗎？不要藏頭縮尾，有種就放馬過來」，說完冷然環視四周，神社的松濤也陷入死寂，眾人默默開始準備離去，這時，鰐口和尚脫下衣服，依舊蒙著臉，大吼一聲跳上土俵。荒磯一手抓住和尚的肩膀，不屑地嘲笑：「你這個不知死活的傢伙！」

和尚很擔心自己的肩骨是否會立刻粉碎，即便嚷著「放手、放手」，荒磯也只是笑著搖晃和尚的肩膀，和尚最後痛得實在受不了，

「喂、喂，是我、是我啊。」他低聲囁語取下頭巾。

「啊，師父。好久不見。」荒磯的話還沒說完，和尚已使出一招驚天動地的過肩摔，荒磯龐大的身體在空中翻了一個大跟頭，仰面重重摔倒在土俵中央。那一刻荒磯的模樣別提有多丟臉了，就像是大鯰魚從葫蘆滑落，大肥豬從梯子滾落，簡直難看得無法用言語形容，甚至多年之後還成為家鄉父老傳誦的笑話。事後和尚迅速混入人潮若無其事地回到山上的佛庵，神清氣爽地誦經。荒磯斷了三根肋骨，被人放在門板上奄奄一息抬回家，神智不清地喃喃囈語「師父，你太狠心了，我恨你」，之後用盡各種療養方法也不見效，沒事還拿腳踹開看護，漸漸再也沒人來探

望他，最後只能讓親生父母來料理他的大小便，原本魁梧肥壯的身材也瘦成皮包骨就這麼悄悄斷了氣，據說成為本朝二十不孝排行榜的大橫綱。

《本朝二十不孝》，卷五之三，〈無用的怪力〉

猿塚

從前在筑前[1]地區的太宰府，有白坂德右衛門這個代代經營酒鋪的太宰府首富，他的女兒阿蘭貌美無雙，七、八歲起就已出落得令觀者瞠目結舌，使人想起自家塌鼻子的醜女兒只能借酒澆愁。當地有她在彷彿連陽光也特別明媚。如今她已十六、七有餘，弱質纖纖連衣服都似不堪負荷，春光朦朧籠罩周身，即便是親生母親和她當面說話，也會驀然詞窮看得失神，她的美貌之名響徹筑前，見過她的人沒有一個不愛上她。這時鄰鎮有桑盛次郎右衛門這個家境富裕的當鋪少東，雖非醜男，但鼻子碩大眼角下垂，是個其貌不揚看似規矩的鬍鬚男，唯一的優點是牙齒整齊潔白。或許是因他一笑就顯得特別討喜，某日二人竟因躲雨結緣，俗話說人不可貌相，姻緣妙不可言，很不可思議地，竟得到被阿蘭青睞這個天大的福氣。而這就是故事的開端。

此時雙方父母尚不知情，次郎右衛門偷偷拜託經常出入家中的魚販傳六，向德右衛門私下提親。傳六打從以前就全靠這家當鋪照顧，因此聽了次郎右衛門難以啟齒的委託後，摩拳擦掌地暗忖，女方是賣酒的，如果順利撮合了這樁婚事，以後肯定可以痛飲美酒，趁這個機會還能把自己質押東西付利息的期限延長。於是厚著臉皮穿上本已質押給當鋪的禮服，擺出成熟穩重的模樣，不認識的人見了恐怕還以為是哪位大人物，就這樣找上德右衛門，嘿嘿奸笑搖著扇子讚賞院子的石頭。對方覺得很詭異，詢問他到底有何貴幹，傳六不慌不忙娓娓道來，不動聲色地傳達次郎右衛門的求親之意，甚至脫口說出「府上賣酒，對方是當鋪，雙方的生意也不是毫無相關，去買酒之前必然要先上當鋪，出了當鋪肯定會順路去買酒，說穿了就像和尚與醫生，這二者若是結為姻親，堪稱如虎添翼，鎮上的人都會被殺得片甲不留」這種亂七八糟的廢話，總之他是絞盡腦汁拼命遊說，德右衛門也有點動心，

「若是桑盛家的少東，我倒是沒甚麼不滿意。對了，桑盛家信奉甚麼宗派？」

「呃，這個嘛，」這個問題出乎意料，因此傳六當下詞窮，「詳情我是不清楚啦，但我記得是淨土宗。」

「那我不能答應。」德右衛門嘴一撇，露出非常可惡的嘴臉宣告。「我家代代信奉法華宗，尤其到了我這一代之後，更是虔誠皈依日蓮上人，朝夕不忘念誦南無

---

1 筑前，現在九州的福岡縣西北部。

妙法蓮華經，我也是這麼教育女兒的。所以事到如今不可能把她嫁到別宗。你既然是上門來說親的，起碼應該先弄清楚這種最基本的問題吧。」

「不是，那個，我……」傳六直冒冷汗，「我也是代代信奉法華宗的日蓮上人，朝夕念誦南無妙法蓮華經。」

「你這是甚麼話。我又不是要把女兒嫁給你，況且桑盛家既然是淨土宗，那他家就算有再多金銀財寶，他家兒子有多麼聰明俊俏，我也絕不答應。否則對不起日蓮上人。那麼陰森的淨土宗，到底有哪點好！虧你們也好意思來我這代代信奉法華宗之家求娶我女兒。我現在看到你的臉都想吐。你可以走了。」

傳六就這樣鎩羽而歸，垂頭喪氣地把經過告訴次郎右衛門。次郎右衛門不以為意說，「沒事，這種小問題沒啥大不了，那我改宗信法華宗就行了，我家並非虔誠的信徒，信奉淨土宗或法華宗都無所謂。」他當下就拿起綴著長流蘇的念珠，也勸父母改宗，早晚誦經，父母雖然莫名其妙，但他們很寵愛兒子，姑且還是先照次郎右衛門說的做，東張西望邊打呵欠邊念南無妙法蓮華經。傳六這才再次拜訪德右衛門，得意洋洋地報告桑盛一家如今已改信日蓮上人早晚誦經。但德右衛門是個很難纏的人，無情地回答，「不行不行，除非是道地的法華宗信徒否則信仰淺薄，只為了娶阿蘭就改宗未免太膚淺，日蓮上人知道了也不會高興，只要稍微想一下都知道不對勁，我已決定把女兒嫁到同樣信仰法華宗的友人家。」

次郎右衛門聽說之後大吃一驚，連忙將傳六出師不利的事情寫信告訴阿蘭，同時流淚寫明，「據說令尊要把妳嫁到別的法華宗信徒家，可惡，我為了妳去念毫無興趣的南無妙法蓮華經，打鼓打得手都起水泡了。仔細想想我次郎右衛門這個名字，和東部的佐野次郎左衛門[2]相似，我早就耿耿於懷了，果然東西左右的男人都被甩了，既然如此，我說不定也會揮刀斬殺百人，可別小看男人的執念。」阿蘭立刻回信說，「您的來信讓我看得莫名其妙，總之請別做揮刀那種危險的舉動，別說是斬殺百人了，恐怕一人還沒斬就先被人家砍死了，萬一您有個三長兩短，我該怎麼辦？您可別嚇我，嫁給別人的事，我真的完全沒聽說，您總是很沒自信地嫌棄自己的鼻子和眼尾生得不好，動輒懷疑我讓我很困擾，如今我還能嫁到哪去呢？請放

2 佐野次郎左衛門，江戶時代中期佐野的農民。被江戶吉原的妓女八橋拒絕後懷恨在心，憤而殺死八橋等多人，史稱「吉原百人斬」事件。

心，如果我父親非要我嫁給別人，我打算逃家去找您，請您也別小看女人的執念。」次郎右衛門看了信終於有點笑容，不過現在安心還太早，他勉強板起臉，不管怎樣還得繼續念經，如今他是真心想祈求日蓮上人保佑，於是大聲吟誦南無妙法蓮華經，胡亂打鼓。

翌日，阿蘭被叫去德右衛門的房間，父親嚴肅地宣布，已談妥與本町紙屋彥作的婚事，並且表示這也是日蓮上人的指引，命她心存感激地乖乖出嫁。阿蘭大吃一驚，但她不動聲色，恭敬行以一禮就走出房間，之後飛奔上二樓，草草修書一封，「容我提筆向您稟報，大難臨頭，實行計畫之日終於到了，我打算逃家，今晚請來接我，謹致。」阿蘭把信交給小廝命他立刻送去鄰鎮。次郎右衛門收到信一看之下渾身發抖，先去廚房飲水，之後在房間中央盤腿而坐決定好好想個主意，但他甚麼主意都沒想出來，起身換了衣服，去帳房拉開所有的抽屜四處翻找，掌櫃問他要找甚麼，他含糊其辭，趁機迅速把金子塞進袖子。之後腦子渾渾噩噩甚麼都看不見，一腳套上木屐就跑出門，直到半路才發現只穿了一隻鞋，也懶得再回家，於是順路去鞋店，想到身上的錢不多，遂小氣地買了最便宜的草鞋，穿著那單薄的草鞋走路就像打赤腳，感覺很不安心，邊走邊忍不住激動落下男兒淚，終於走到鄰鎮的德右衛門家後門口，阿蘭迅如箭矢地衝出來，二話不說便拉起次郎右衛門的手，自己先帶頭邁步，次郎右衛門像瞎子一樣任她牽著手，踩著單薄的草鞋，忍不住再次痛哭。到此為止，只是一對不懂事的愚蠢男女做出不足為取的荒唐事，但故事當然不會到此結束。世間的坎坷艱苦，似乎還在前面等著。

二人當晚就走了近七里路，作夢似的迷茫望著左邊博多的蔚藍大海，一路不吃不喝，每次聽到背後有腳步聲就擔心有人追來，膽戰心驚地只是拼命趕路，最後踉蹌抵達的地方是所謂「盛者必衰，是生滅法」的鐘崎[3]。他們穿過這鐘崎山腳的原野，來到次郎右衛門略有交情的人家，果如預料遭到對方薄情對待，但那也是人之常情，只好忍耐下來，冒昧地用紙包了錢送上，當天獲准在柴房休息。二人如今才感到前途渺茫，蒼白憔悴的臉孔相視嘆息，阿蘭輕撫她養的猴子吉兵衛的背部，不禁啜泣。這隻名叫吉兵衛的猴子，從小受到阿蘭寵愛，見阿蘭和男人一起趁夜逃

3　鐘崎，現在的福岡縣宗像市玄海地區。當地有歌云：「初夜撞鐘時聲喻諸行無常，後夜撞鐘時聲喻是生滅法……」其中，「諸行無常，是生滅法」是佛教的說法。

走，猴子急忙尾隨追來，走了一里路之後，阿蘭發現猴子追來想趕牠回去，可是不管罵牠或丟石子牠還是照樣緊跟不捨，次郎右衛門心生同情說，牠既然追來了就帶牠一起走吧。阿蘭遂招手叫牠過來，猴子開心地跑過來，被阿蘭抱在懷裡眨巴著眼，同情地望著二人。如今牠已化身為二人的忠僕，一下子忙著端飯菜送來柴房，一下子趕蒼蠅，一下子拿梳子替阿蘭撩起碎髮，盡是多餘的幫倒忙，雖是小畜生卻也努力安慰二人的落寞。

二人雖是背著家人私奔，也不可能永遠躲在狹小的柴房生活，次郎右衛門把帶出來的錢拿出大半，委託那個薄情的友人，立刻在附近空地建造寒酸的小屋，夫妻倆和猴子忠僕從此就住在那裡，耕種小小的土地，種些足供自己三餐的蔬菜，丈夫抽空切菸草葉，阿蘭紡織棉線，就這樣過著節儉的生活。愛恨只不過是年輕時短暫的愚蠢幻夢，真的忤逆父母逃家私奔之後，生活其實乏善可陳，如今只不過是一對過著尋常生活的貧賤夫妻，二人相視也神色麻木，忽聞廚房傳來動靜，萬一被老鼠在紅豆上拉屎就糟了！夫妻倆這才激動地跳起來。雖然秋有紅葉春有堇花，二人卻絲毫不感興趣，猴子吉兵衛覺得這正是報答主人恩情的時候，去附近山裡撿來柏樹枯枝或松葉，回家蹲在灶下，一邊扭臉躲開松葉的煙一邊拚命揮舞團扇搧風，最後給夫婦獻上一杯沒泡開的溫茶，雖然可笑卻也溫馨。牠雖不通人言卻很關心這對貧窮夫妻，晚餐也不敢多吃，吃一點點東西後就心滿意足地躺下，見次郎右衛門吃完飯就跑過去替次郎右衛門按摩肩膀和腰腿，按摩完了還去廚房幫阿蘭收拾碗盤，偶爾打破盤子便一臉羞愧。夫妻倆把這吉兵衛當成唯一的安慰，忘了處境的憂愁，那年就這麼過去，翌年秋天生下一子菊之助，草庵傳出夫妻久違的快樂笑聲，夫妻倆的生活忽然有了意義，寶寶睜開眼或打個呵欠他們都可以驚呼半天，吉兵衛也在旁邊又蹦又跳跟著開心，還從山裡摘來果子，讓寶寶握在手裡，為此遭到阿蘭責罵。但吉兵衛似乎還是覺得寶寶很稀奇，守在旁邊寸步不離地盯著寶寶的睡顏，寶寶一哭牠就嚇得衝去拉著阿蘭的裙襬把她拽過來，比手畫腳示意阿蘭快餵奶，然後乖乖屈膝端坐著認真看寶寶喝奶，夫妻倆笑著打趣說這倒是有了個好保母。說到這點，這個菊之助也很可憐，如果是一年前生於家鄉的桑盛家，肯定是睡在絲綢被褥，兩、三個奶媽圍繞呵護，從四面八方送來堆積如山慶賀誕生的產衣，連一隻跳蚤也見不到，肌膚如雪似玉地被照顧得很好，可惜只因為晚生了一年，從此得睡在無法遮風避雨的草庵，還拿野果子當玩具，猴子當保母。夫妻倆忘了這都是自己不懂事的戀愛造成的，只是一心疼惜孩子，哄著孩子時暗忖，此刻雖然如此落魄，不過等這孩子記事時，一定要掙來一份財產好讓家鄉父母刮目相看。於是次郎右衛門因愛子心切開始奮發圖強，四處詢問鄰人最近有甚麼好生意可做，草庵也呈現與去年不同的活力，獨生子菊之助也養得胖嘟嘟很愛笑，像母親阿蘭一樣面貌玉雪可愛，猴子吉兵衛去野地折來秋草在菊之助臉前逗弄他，讓夫妻倆可以安心去屋後的田裡挖白蘿蔔，彼此都有種幸福的預感，總覺得今年秋天或許會發生甚麼喜事。

這時，他們打聽到附近農民有一樁值得一聽的好買賣，於是鼓起勇氣在某個晴朗的秋日，聯袂上那人家中詢問詳情去了。猴子吉兵衛眼看到了寶寶該洗澡的時間，於是自以為熟練地站起來，按照以前旁觀阿蘭給孩子洗澡的做法，先去灶下生火燒水，見水滾了冒泡泡，就把滾水整個倒入盆中，也沒調整水溫，把孩子剝光後細心抱起，模仿阿蘭的動作湊近孩子的小臉溫柔地點了兩下頭，隨即把孩子整個放入盆中。

菊之助大叫一聲就死了。夫妻倆聽見異樣的叫聲面面相覷趕回家，只見吉兵衛驚慌失措，孩子沉在盆中，抱起來一看已經像煮熟的蝦子，屍體慘不忍睹。阿蘭當下摔倒，恨不得代替孩子去死，只想再見一次那可愛的容顏，也難怪她發狂地哭叫，抓住呆愣的猴子，雖是弱女子卻揮起木柴立刻就要打死這殺子仇人。次郎右衛門雖也心碎地淚流不止，但畢竟有男人的氣度，認命地心想這也是命中注定，從阿蘭手裡搶過木柴，哭泣著勸妻子說，「我理解妳想打死吉兵衛的心情，但事情已無法挽回，如果再殺生，反而無法替菊之助積陰德，吉兵衛也是傻呼呼地想幫我們分憂解勞才那樣做，畢竟畜生無知也不能怪牠。」猴子吉兵衛也躲在房間角落流淚合掌，夫妻倆見牠如此心裡更加痛苦，自覺肯定是上輩子做了壞事才會有此報應，如今也失去活著的指望，埋葬菊之助後就雙雙病倒。猴子吉兵衛不眠不休勤快地看護二人，而且每過七天就去寶寶的墳前祭拜，親手摘來花草上供，等到夫妻稍微康復的百日早上，吉兵衛悄然去寶寶墳前，心如止水地合掌膜拜，隨即拿竹矛刺穿自己的喉頭自殺身亡。夫妻倆沒看到猴子覺得奇怪，立刻拄杖來到菊之助的墳前，一眼看到猴子的悽慘死狀便猜到一切，哀嘆著本來菊之助死後，還指望至少有吉兵衛陪伴聊以慰藉。之後夫妻倆虔誠將猴子安葬，在菊之助的墓旁建了猿塚，二人當場出家，（寫到這裡作者被難倒了。是該念佛還是念《法華經》？原文寫的是二人在那庵房終日念誦《法華經》，誦經聲縈繞不絕。但德右衛門頑固信奉法華宗的主張若在這種節骨眼冒出來，這個悲劇故事恐怕也會變得滑稽。真是傷腦筋。）也不願再住在草庵這個傷心地，遂撥開茂密秋草就此漫無目的地踏上旅程。

《懷硯》，卷四之四，〈猴子學人洗澡〉

人魚之海

後深草天皇寶治元年三月二十日，津輕[1]的大浦這個地方首次有人魚游來。據說這種人魚有一頭細如海草的濃密綠髮，面含美女之愁，眉間綴有豔紅色小巧雞冠，上半身透明如水晶隱約泛藍，胸前雙乳彷彿並排綴著二顆南天竹的紅果，下半身雖是魚形卻密密麻麻滿是金色花瓣般的鱗片，黃色尾鰭晶瑩剔透猶如大片銀杏葉，聲音似雲雀笛音般清亮澄淨……如此這般流傳著舉世罕有的傳說，總之在極北的海中，似乎大量棲息著這種不可思議的魚類。

很久以前，松前[2]有浦奉行[3]中堂金內這個勇敢大膽且生性篤直的中年武士。某年冬天，他因公務巡視松前各處海岸，近傍晚時抵達鮭川這個海灣邊，打算當天從該地搭便船趕往下一個港口，遂與五、六名乘客一同乘船，在北國冬天難得一見晴朗無風的日子出海，離岸約八百米時，明明無風，海面卻忽然波濤洶湧，船如樹葉隨浪濤起伏，船客嚇得面如土色。有人不禁叫出心上人的芳名，肉麻地扭身嚷著「永別了、永別了」。有人取出包袱裡的《觀音經》，也沒發覺自己把經書拿倒了，就這麼翻開經書戰戰兢兢念誦。有人匆匆取出裝滿美酒的葫蘆牛飲，彷彿覺得如果沒喝完會死不瞑目，隨即抓著不足五寸的小葫蘆，得意洋洋地向眾人炫耀，聲稱喝完酒的葫蘆還可當成救命浮筒。有人頻頻以指尖沾口水搓揉額頭不知有何用意。有人匆忙取出錢包算錢，嘀咕著怎麼少了一兩，以懷疑的眼神盯著四周船客。也有人在這生死關頭還為了腳被旁人碰到開始無用的爭吵。總之船上發生各種騷動。眼看海浪越來越高，小船上上下下劇烈晃動，眾人如今連吵鬧的力氣都已用盡，船夫率先趴倒船底，呻吟著求饒，變得半死不活，全體船客遂也跟著趴伏哭泣，狀若瘋狂失去理智。唯獨中堂金內一人，打從開始就背靠船舷盤腿而坐，當胸抱著雙臂默默凝視前方，之後眼前的海水變成金色，似有五彩水珠噴濺，同時白浪一分為二，人魚一如傳說中的模樣現身，甩頭將綠髮拂到身後，水晶手臂在海水中划呀划的如靈蛇般迅速接近金內的船，張開嬌小的櫻唇發出一聲清亮的笛音。

「可惡，竟敢阻擋船隻前行！」

金內憤怒地從行李取出短弓，向神明默禱後咻地一箭射出，正中人魚的肩頭，

1 津輕，現在的青森縣西部。
2 松前，現在的北海道西南端。
3 浦奉行，平安時代至江戶時代的武士職稱，奉命執行海岸公務的官員。

人魚不及作聲便沉入浪濤間，怒濤駭浪頓時平息，海面又恢復原先的平靜，斜陽溫煦地照耀船中，船夫一臉懵懂爬起來說，「原來是一場夢嗎？」金內不是那種會吹噓自己功勞的輕浮武士，只是默默微笑，又像之前一樣抱著雙臂倚靠船舷而坐。船客也陸續抬起毫無血色的臉孔，有人哈哈大笑掩飾羞愧；有人把五寸小葫蘆倒過來搖晃，只顧著抱怨方才匆忙喝光了特地準備的美酒，如今毫無樂趣；還有之前叫喊著留在家中的年輕小妾的名字扭身呻吟的八十歲老翁，此時慢條斯理扯平衣襟說，「真是太可怕了。」並且斷言這一定是有魚化龍升天。「基本上這種化龍升天的景像多半發生在越中越後[4]的海中，夏天最常出現，只見一團烏雲自空中下降，海水彷彿被它吸取般逆捲而上，烏雲與海水連成一柱，書上說如果凝目細看那驚人的黑柱，果然在那黑柱之中歷歷分明有龍的頭尾。也有另一本書記載，某人自江戶乘船上行途經東海道的興津灣時，忽有一團黑雲自空中朝他的船飛來，船夫大驚失色說，這是龍想捲起此船，必須立刻割髮焚燒。於是將全船乘客的頭髮都剪下燃燒，濃濃的臭氣升空後，那團黑雲頓時消散，老朽如果還年輕，剛才肯定也會立刻剪髮，只可惜——」老翁說著，一本正經地靜靜撫摸自己的禿頭。「哼，這樣子啊？」念《觀音經》的人一臉不屑，撇頭答腔，小聲嘀咕說這一切都是靠觀音菩薩保佑，隨即神情肅穆地瞑目默念南無觀世音大菩薩。也有人從自己懷中找到少掉的一兩，欣喜若狂說：「哈，找到錢了！」金內始終只是默默微笑。之後船緩緩入港，眾人不知救命恩人就在眼前，只顧著天真地互相慶賀撿回一命就此上岸離去。

不久之後中堂金內回到松前城，向上司野田武藏詳細報告這次巡視各地海岸的結果，談完正事後開始閒聊，提及旅途見聞時，順帶也把看到人魚的經過毫不誇張地如實淡然道出。武藏早知金內的個性篤直，因此毫不懷疑人魚出現有多麼離奇，當下就相信了，他拍膝大讚說，「這是近來少有的奇聞，尤其是閣下沉著勇武的表現，不如立刻把此事稟報殿下吧。」金內一聽臉都紅了，才剛開口說「不不不，不是甚麼大事——」就被武藏打斷，武藏強烈表示：「誰說不是大事，這可是前所未聞的大功勞，也能激勵年輕的家臣。」當下催促手足無措的金內一起去面見城主，正巧大臣們也在殿前，野田武藏更加振奮，「各位也來聽聽，這可是世間罕有的大

4 越中，相當於現在的富山縣。越後是新潟縣。

功勞。」當下一五一十說出金內的旅途奇談，包括城主在內，所有人都促膝傾聽，其中有一人名叫青崎百右衛門，由於父親百之丞身為松前城重臣忠心效主，父親死後，他得以繼承父親的俸祿，雖然毫無貢獻卻成為大臣之一。此人頗以出身高尚為傲，素來不把同輩放在眼中，聲稱青崎家容不下暴發戶的女兒，始終不曾娶妻，整天吃喝玩樂，如今已四十一歲，到了這個年紀就算他想娶也無人肯把女兒嫁給他。雖是自己過於傲慢作的孽，他卻因此感到不是滋味，動輒譏諷其他家臣。他的身高近一米八，極度瘦削，十指細長如筆桿，凹陷的小眼詭異地閃爍青光，鼻子是大鷹勾鼻，臉頰凹陷嘴角下垂，看起來就像地獄惡鬼，遭到眾人厭惡。就是這個百右衛門，還沒把武藏的敘述聽到一半就哼哼冷笑，「我說玄齋啊，」他逕自對縮著身子敬陪末座的茶坊主[5]玄齋發話：

「你怎麼看待此事？如此荒唐的鬼話，還特地來殿前進言，你不覺得有點不知分寸嗎？這世上根本沒有鬼怪也沒有怪談，猴子的臉必然是紅的，狗必然有四條腿。甚麼人魚，又不是騙小孩的童話，一把年紀也有身分地位的人，居然相信額前生有紅色雞冠，豈不是貽笑大方！」他逐漸旁若無人地扯高嗓門，「我說玄齋啊，好吧，姑且假設那個人魚甚麼的怪魚真的住在北海，要射中那種前所未聞的妖怪，起碼得有神通法力才行吧。那可不是一般人對付得了。鳥有翅膀魚有鰭。平時要射中飛翔的小鳥或水中的金魚都不容易了，要打退那種上半身是甚麼水晶的妖怪，起碼自己的武藝得集合了弓矢八幡大菩薩[6]、賴光、綱、八郎、田原藤太[7]的力量，否則絕對不是對手。不，事實勝於雄辯，就拿我養在泉水中的金魚來說，你應該也知道吧？一點淺水就能讓金魚悠游自得，之前我閒著無聊拿打麻雀的小彈弓連射二百發都沒射中牠，金內大人在遼闊的海上突遇強烈旋風，但願不是在驚慌之下射中漂流的腐木就好囉。」他抓著異常為難坐立不安的茶坊主，刻意用殿下也聽得見的音量指桑罵槐。野田武藏聽不下去了，猛然扭過頭對百右衛門開嗆：

「那是因為你孤陋寡聞！」

百右衛門平日的傲慢蠻橫本就讓武藏鬱憤不平，因此他咬牙切齒說，「越是像

5 茶坊主，室町時代至江戶時代的職稱，負責接待客人送茶水。

6 八幡大菩薩，是戰神，也是弓矢之神，深受日本武士信仰，武士發誓時必然會念誦其名。

7 源賴光、渡邊綱、源為朝（綽號鎮西八郎）、田原藤太，皆為平安時代知名的武將。

你這種半吊子的學問，偏偏越喜歡露骨地說甚麼世間沒有奇談、沒有妖怪，還裝得一本正經，歸根究柢我們日本本就是神國，超越常理的怪事多得很。請你不要拿你家的淺薄泉水相提並論。神國三千年歷史，山海萬里之中自然有各種奇風異態的生物，古代也不乏前例，仁德天皇時飛驒地區[8]曾出現一身雙面人，天武天皇時丹波的山家城出現十二角的牛，文武天皇時，慶雲四年六月十五日也有身高二十四米寬三米六、一頭三面的鬼怪從異國而來，既然有過這樣的歷史，這次出現人魚又有甚麼好懷疑。」武藏口齒流利地一口氣滔滔不絕，百右衛門蒼白的臉孔這下子變得更蒼白，報以冷笑，

「我看你才是半吊子的學問。我不喜歡爭論。只有身分微賤者急於立功表現才會互做口舌之爭。我又不是小孩。縱使激動得冒出青筋誇誇空談，也只會讓彼此對自己的主張更加固執罷了。爭論很無聊。況且我又沒有說這世上沒有人魚。我只不過是說我沒見過。金內大人既然立此大功，應該順便把那人魚甚麼的帶回來拜見殿下才對。」他可恨地如此放話。

武藏激動地促膝上前，咄咄逼問：

「對武士而言，『信』之一字很重要。如果非得抓到手裡親眼見到才相信，那我只能說這種想法著實可悲。心中若沒有信，這世間還有甚麼是真實的。倘若非得眼見為憑，就算見到了也不過是片刻幻影。我們對實體的認同來自於『信』。而信以心中的『愛』為根源。閣下心中毫無情愛，亦無信義。看哪，金內大人遭到閣下的毒舌侮蔑，打從剛才就悲憤得渾身顫抖流出血淚。金內大人和閣下不同，不是會說謊的人。金內大人平時的正直，你可別說你不知道！」

但百右衛門不予理會，

「看吧，殿下要走了。似乎很不高興。」他語帶嚴肅，對著起身回內殿的城主伏身行禮後，

「罷了罷了，笨蛋就是會惹麻煩。」他小聲嘀咕著站起來，「或許你把頭腦不清醒叫做正直，但也正是這種正直的人，把白日夢和迷信講得跟真的一樣蠱惑世人。」撂下這番話後，他就像貓一樣無聲無息走了。其他的大臣或者厭惡百右衛門

---

8 飛驒地區，位在日本岐阜縣北部。

的惡意刁難，或者對武藏的高調演說看不順眼，覺得兩人都不是好東西，或者在打瞌睡根本不知道大家在爭論甚麼只是呆然起身，就此一一離去。最後只剩下武藏和金內，武藏不甘心地磨牙，用力說：

「可惡，他講那甚麼鬼話。金內大人，請你明察。你也是武士，或許已有覺悟，但不管在甚麼情況下，我武藏都是支持你的。無論如何這件事都不能放過他。」

金內被他這麼一說，更加悲傷憤恨，半天都說不出話，只是無聲地痛哭。不幸的人一旦被他人同情，往往不會開心，反而更覺得自己悲慘又不幸。他方寸大亂流下男兒淚，絕望地認為自己如今已身敗名裂，握拳拭淚後抬起頭，依舊抽泣著說，

「讓您見笑了。方才百右衛門的種種惡言侮辱，我實在聽不下去，我雖地位不高，還是想狠狠教訓他，只是當著殿下面前不得不忍耐，只能不甘心地吞淚，但我已有徹底的覺悟。現在就追上去一刀砍了那個百右衛門是最簡單的，但那樣的話，諸位同僚一定會說我是因為被百右衛門識破謊言惱羞成怒才對他動刀，我說的人魚一事會變得更不可信，最後可能也會給您造成困擾。所以反正我已落到這個地步

了，如今忍辱苟活於世，是為了去搜索鮭川海灣，如果弓矢八幡大菩薩沒有拋棄我，等我找到那人魚的屍骸時，我一定會帶回來給諸位看，以此證明我金內的武運未絕，屆時我就可以盡情教訓百右衛門，我自己也有欣然切腹的覺悟。」武藏聽到他這麼說，實在於心不忍，也跟著哭了，

「都是因為我強出頭，在殿前宣揚你的功績才會害了你。為了莫名其妙的人魚做口舌之爭，逼得你不得不憾恨而死。請你原諒我，金內，來生再也不要做武士了。」他別開臉站起來，「你外出期間不用擔心家裡。」武藏如此強烈表明後就退出大廳。

金內的家裡，只有八重這個年方十六、膚色白皙、五官鮮明、身材高挑的女兒，和阿鞠這個身材嬌小、聰穎伶俐的二十一歲女傭。金內的妻子早在六年前就已病逝。金內當天努力裝出開心的樣子回家，只交代「爹馬上又要出遠門，這次的旅行或許會有點久，所以妳要留心看家。」他把家中儲存的金子幾乎全部塞進懷中，逃命似的匆匆離開家門。

「父親的樣子不對勁。」八重送走父親後，對阿鞠說。

「是啊。」阿鞠冷靜地同意，金內並不擅長說謊。就算他刻意笑得再怎麼開朗也沒用。十六歲的女兒和女傭都一眼識破了。

「他帶了很多錢出門吧？」連金子的事都被識破。

阿鞠點頭，「老爺想必是遇上難題。」她面色沉重地咕噥。

「我心裡很不安。」八重說著，用雙袖摀著心口。

「不知發生了甚麼事。先把家裡內外打掃乾淨吧，免得看了不舒服。」阿鞠說著立刻挽起袖子。

這時，大臣野田武藏沒帶隨從，悄悄私服來訪，

「金內大人出門了嗎？」他小聲詢問八重。

「是的。家父帶上大筆錢就出門了。」

武藏苦笑，

「他這趟或許會去很久。他不在的期間，家裡如果有甚麼困難，儘管來找我商量不用客氣。這些錢先給妳零用。」說著，留下大筆金子就走了。

八重這下子更確定父親一定是出事了，她好歹也是武士的女兒，從當晚起就緊

抱短劍、衣不解帶地蜷縮就寢。

另一方面，啟程去尋找人魚的中堂金內，抵達鮭川海灣邊，便把村中漁夫都集合過來，將他帶來的金子全部分給大家，先公私分明地聲明：「這次不是基於公務召集各位，是我中堂金內個人的大事，是私人的請託。」然後有點吞吞吐吐，紅著臉微微苦笑，軟弱地表明，「你們聽了或許不相信——」隨即說出日前遇見人魚之事，他說這是自己以性命相託的請求，無論如何都得從這海灣底下找出人魚的屍體給某人看，否則金內無顏身為武士，這麼冷的天氣把大家叫來很抱歉，但還請各位盡全力找出那條怪魚的屍體。這時大雪紛飛，金內在荒蕪的海邊啞聲如此懇求後，老漁夫們深表相信且十分同情，年輕人雖懷疑是否真有人魚，但多少也勾起一些好奇心，於是眾人撒下大網，搜尋海底，但是網中捕獲的都是鯡魚、鱈魚、螃蟹、沙丁魚、比目魚等等熟悉的魚類，完全沒有貌似怪魚的蹤跡。翌日，乃至再翌日，村民全體出動駕船出海，冒著呼嘯寒風撒網潛水，使盡各種辦法搜尋，卻終歸徒勞，年輕人開始發牢騷，「看看那個武士的眼神，怎麼看都不正常，他肯定是瘋子，我們居然把瘋子說的話當真，這麼冷的天氣下海潛水太可笑了，我不幹了。與其漫無目標地在海裡找人魚，還不如讓村裡的美人魚替我取暖。」他們站在海邊的篝火旁大聲說著下流的玩笑嬉笑起鬨，金內卻獨自悲傷，只能假裝沒聽見，一心一意向龍神祈禱，只要現在能從這海裡找到人魚的一片魚鱗、一縷頭髮，自己的顏面自不待言，武藏大人也能保住名譽，屆時便可盡情教訓百右衛門，替天行道地對他正面揮刀，讓他好生記住這信義的一刀，一雪心中的怨恨！

他伸長脖子眺望海灣的模樣太可悲，老漁夫不禁含淚走到他身旁說，

「沒事，大人不用擔心。年輕人雖然那樣說，但我們都相信，您射中的人魚肯定就沉在這片海底。這一帶的海域打從以前就有各種不可思議的魚類，只是年輕人不知道罷了。我們小的時候，就在這外海還出現過『翁』這種大魚，引起很大的騷動。此話絕無虛假，那條魚長達兩、三里，不，說不定更大。沒人見過牠的全身。那條魚出現時，海底像打雷一樣轟隆響，明明無風卻掀起巨浪，鯨魚也四處逃竄，漁船上的人也互相嚷著『不好了，翁來了』，立刻把船划回岸邊，之後，翁浮現海上，看起來就像海上忽然出現好幾座大島，這還只是稍微看到翁的背部和魚鰭，牠的全長絕對不只那麼一點而已。巨大得無法測量。翁這種魚，對小魚正眼也

不瞧，據說專門吃鯨魚維生，二、三十尋的鯨魚都能一口吞下去，那種模樣，就像鯨魚吞沙丁魚一樣，您說厲害不厲害。所以鯨魚只要聽到海底一響，就知道大事不妙立刻四處逃竄。有些魚真的很可怕。蝦夷的海中自古就有各種妖怪般的魚類。所以聽說您要找人魚，我們一點也不驚訝。那玩意肯定就在這個海灣。沒啥好稀奇的。畢竟這海中還有兩、三里長的翁四處巡游，是吧，我們肯定很快就能找到人魚的屍體，讓您挽回顏面。」

老漁夫用木訥的口吻拼命安慰金內，還替他拍去肩頭的落雪，但金內受到這樣的慈祥關懷反而更加徬徨不安。嗚呼，自己已淪落到必須接受這種老先生的憐憫嗎？他甚至彆扭地懷疑，這位老先生嘴上說著安慰之詞其實已經絕望放棄了，於是粗暴地站起來，

「拜託！我的確是在這海灣射中怪魚。我敢對弓矢八幡大菩薩起誓。拜託你們，請繼續加把勁，就算只是找到那條人魚的一片魚鱗、一縷頭髮也好。」他放話之後，踢開積雪一路跑到海岸邊，抓住開始收拾準備回家的漁夫手臂，眼色淒厲地懇求：「拜託，再一次就好！」漁夫們之前已經拿到錢，現在也差不多失去熱情

了。只是意思意思敷衍一下，在近岸的淺水處撒網後就一個接一個消失了。不知不覺海邊連一隻狗都不剩，太陽下山後四周天色昏暗，開始吹起強勁的北風，即便吹起讓人眼睛都睜不開的暴風雪，金內還是像流放鬼界島的俊寬[9]一樣拖著腳步在海岸四處徘徊，直到深夜也沒回漁村。打從一開始他就決定睡在海邊的船屋中，他在那個小屋稍微打個盹，天還沒亮又衝到海灘，看到漂流過來的海藻就驚喜交加以為找到人魚，隨即失望地哭泣，看到近岸處漂浮的腐木，他半信半疑地下海走去，隨即悵然而返。自從來到此地，他幾乎不曾好好吃過東西，只是一心惦念著「人魚快出來、快出來」，逐漸失魂落魄神智不清，懷疑自己真的見過人魚嗎，射中人魚該不會是騙人的吧，該不會是作夢吧……就這樣獨自站在無人的白皚皚海岸放聲大笑，唉，當時自己如果也和其他船客一樣脆弱地暈倒，沒看到人魚就好了，偏偏自己意志堅強，親眼目睹舉世罕見的奇景，所以才會惹上這種麻煩，真羨慕世間那些甚麼也沒看見甚麼也不知情，一臉理所當然自以為是地過日子的俗人。是真的有啊，世間真的有那些俗人意想不到的神奇美景，然而，只要看到一眼，頓時就會像自己一樣墜入這種地獄，自己或許前世有甚麼可怕的業障才遭此報應，今後縱然苟活恐怕也毫無意義，或者自己命中注定只能悲慘死去？索性跳進這荒蕪大海，來生投胎成人魚……他就這樣垂頭喪氣徘徊海邊，彷彿已被死神附身，然而他還是放不下人魚，側目看著逐漸亮起曙光的海面，唉，如果找的是老漁夫口中的翁那種大魚，至少搜索起來也會更容易吧。他神色凝重地不甘嘆息，可惜他這樣的堅毅勇士也方寸大亂，早已失去理智，甚至看起來命在旦夕。

留在家中的女兒八重早晚求神拜佛，祈求父親平安無事，然而過了三、四天後，家裡的碗破了，草鞋的鞋帶忽然斷了，一點小雪就把院子的松枝壓斷了，接連發生惡兆，她在家裡實在待不住，遂於某晚悄悄造訪武藏家，打聽到父親在鮭川的海灣邊，當晚就收拾行李，和女傭阿鞠二人藉著夜路的雪光，追隨父親踏上旅程。一路上或是睡在民宅簷下，或是主僕二人依偎著躲在海岸的岩洞中，聽著濤聲小睡片刻，八重豐潤的臉頰也日漸消瘦，二人互相鼓勵沿著艱險的雪道趕路，但女人的腳力畢竟不行，好不容易在第三天的傍晚踉蹌抵達鮭川海灣邊時，老天爺啊，只見

9　俊寬（一一四三—一一七九），平安時代後期的真言宗僧人。因涉及謀反案，被流放到鬼界島三年。

父親冰冷的遺體躺在破草蓆上。據說金內的屍體是在那天早上浮現海灣近岸處。他的頭上纏滿海草，據說看起來很像他聲稱曾親眼目睹的人魚。主僕二人一左一右抱住屍體，默默無語只是顫抖著慟哭不已，就連粗魯的漁夫們都撇開眼不忍直視。先是失去母親，如今連父親也拋棄了她，八重哭得錐心泣血，最後她下定決心，抬起慘白的臉孔只說了一句話，

「阿鞠，我們死吧。」

「是。」阿鞠回答。

就在二人靜靜起身時，忽然傳來達達馬蹄聲，

「且慢，等一下！」是野田武藏渾厚的嗓音大吼。

他跳下馬對著金內的遺體垂首默哀，

「唉，還是發生了這種不幸。好，既然如此，也不用爭辯甚麼人魚不人魚了。我武藏生氣了。真的生氣了。我生氣時可不講任何道理。管他有沒有道理，那已完全不重要。人魚根本不是問題。有沒有都一樣。現在只要把該死的傢伙一刀砍死就對了。喂，漁夫，借我一匹馬，是給這二個姑娘騎的。快去找馬來！」

武藏遷怒眾人大聲吆喝，氣勢凌人地瞪著八重與阿鞠，

「哭喪著臉真叫人看不順眼。難道妳們不知有仇人嗎？現在立刻跟我騎馬回城下，闖進百右衛門的家，取其首級告慰金內大人在天之靈，否則就不配稱為武士的女兒。不准再哭了！」

「您說的百右衛門，」女傭阿鞠暗自點頭醒悟，上前一步說，「是那個青崎家的百右衛門大人嗎？」

「沒錯，就是那傢伙。」

「那我明白了。」阿鞠從容不迫說，「之前那位青崎百右衛門大人，一大把年紀了還妄想娶我家小姐，死皮賴臉一再上門求親，我家小姐說，寧死也不願嫁給那種鷹勾鼻，所以，老爺也——」

「原來如此，這下子事情原委我總算搞清楚了。可惡的傢伙，表面上唱高調說甚麼一生抱著獨身主義、討厭女人，結果私底下怎麼著，還不是被女人甩了。真不要臉。這讓我更瞧不起他了。只因為暗戀不成就欺負金內大人來報復，不僅可恨更可笑！」武藏早已樂觀地高奏凱歌。

當晚，由武藏打頭陣，二個女人手持長刀，闖入百右衛門家，找到在內室和小妾飲酒作樂的百右衛門。武藏先一刀砍斷他瘦削的右臂，百右衛門毫不畏怯，左手拔出短刀抵抗，阿鞠雙腳發力踢他腳踝，百右衛門即便跪倒在地仍不肯示弱，對著八重狠狠揮刀，武藏捏把冷汗連忙朝他的左肩劈下，百右衛門吃痛向後仰倒，卻還不肯死，像蛇一樣扭身將匕首猛然擲向八重，八重倏然彎腰驚險躲過，但百右衛門至死仍有這麼深的執念，令她與武藏不禁面面相覷。

順利取得敵人首級後，八重與阿鞠二人趕往父親長眠的鮭川海邊。武藏回到自己的家，把這次決鬥經過一五一十寫下來，為自己未經殿下許可便誅殺百右衛門的大罪致歉，最後結語表明一切責任都在自己，並在吩咐家僕明日一早就把奏狀送給城主後，毫不猶豫地切腹自殺，堪稱是相當快意恩仇的武士。

至於二個女人，把百右衛門的首級供在金內的屍身前，虔誠地安葬父親後，回到家關起門等待城主的制裁，雖是弱女子，也換上白衣做好切腹的心理準備。

城中經過大臣們開會討論的結果，百右衛門才是世間罕有的惡棍，武藏既已自殺，這場私鬥就不再追究，城主也認可這個裁決結果，二個女人成為報殺父之仇、殺主之仇的女英雄，反而得到城主的嘉許。大臣伊村作右衛門主動提議讓么兒作之助入贅與八重成婚，由八重繼承中堂家。女傭阿鞠則許配給身為步行目付[10]的戶井市左衛門這個俊美的年輕武士。過了百日後，信奉北浦春日明神的海邊村民深夜進城稟報，聲稱有不可思議的骨架被海浪打上岸。雖然皮肉已腐爛脫落只剩白骨，但上半身幾乎與常人無異，下半身卻分明是魚，看來異常詭異，因此急忙稟報。城主立刻派遣奉行去檢查，只見那具怪異白骨的肩頭，分明插著中堂金內光榮的箭頭。八重的家正如其名[11]迎來花團錦簇的春天，訴說著此乃相信之力的勝利。

《武道傳來記》，卷二之四，〈命喪人魚之海〉

10 步行目付（徒目付），江戶幕府的職稱。聽從目付指揮，負責在江戶城內輪值站崗、私下偵查幕府各官員的工作表現等。

11 八重，有重重相疊之意，也指花瓣層層簇擁，例如八重櫻。

破產

從前在美作[1]地方有個大富翁名叫藏合，占地廣闊的豪宅內有九座氣派的倉庫林立，倉庫裡堆滿金銀夜夜嘩啦作響，就連四鄰的地區都有所耳聞。雖然這些錢並不屬於美作地方的人們，他們卻頗以藏合的財產為榮，在昏暗的小酒館啜著一杯濁酒喝醉了，就會用悽慘的曲調哼唱「雖不及藏合老爺，至少要做暴富的萬屋」這種卑微的小曲，落寞地相視一笑。

這首歌中提到的萬屋，是美作地方僅次於藏合的第二大富翁，家主白手起家，積攢的金銀不知有幾千貫幾萬兩，而且此人不像藏合那樣建造富麗堂皇的城廓，住的是和附近工匠、賣木炭的、賣紙的一樣屋簷低矮的舊房子。他每天一早打掃家門前的馬路時，會四處撿拾馬糞、繩子和木片保存起來。不管世間流行甚麼花色甚麼條紋的衣服，他永遠一襲素色的手織棉布衣。新年元旦也穿著入贅成婚時訂做的麻布寬褲，五十年來都是這副打扮四處拜年。而他夏天只穿兜襠布，小心翼翼把浴衣圍在脖子上去鄰家借用澡堂。附近農民來兜售剛上市的茄子喊價一個二文錢，二個三文錢，據說吃了當季第一批收穫的蔬果可以延壽七十五日，因此大家都會掏出三文錢買二個，但他的想法與眾不同，他只花二文錢買一個茄子，祈求吃了這個延壽七十五日，另外一文錢，他精明地盤算著等茄子盛產時用來買更多大茄子，所以他的金銀財寶越來越多，財產多得簡直無從計算。他最討厭的是美酒和女色，尤其厭惡寫下「不會喝酒非男人」或「不好色者非男人」這種句子的法師[2]，「可惡，此人要是現在還活著，我就算打官司也不會放過這種人！」他拿起十三歲兒子正要看的《徒然草》隨手撕破卻不捨得扔掉，把紙張的皺痕抹平後裁成細長條，搓成紙繩後立刻靈巧地編出五十對外套上的繫帶收進抽屜，當作全家人今後十年家居服外套用的繫帶。他的兒子名叫吉太郎，他一直對兒子蒼白瘦弱的身材感到不滿，兒子十四歲時，他看到兒子懷中放著柔軟的草紙，當下斷定這小子前途無望，揚言斷絕父子關係，「播州[3]有個節儉的財主那波屋老爺，你也效法一下人家，好好改改你的性子。」他一滴眼淚也沒流地放狠話，把兒子趕去位於播州網干的奶媽家。之後，

1 美作，現在的岡山縣東北部。

2 吉田兼好（一二八三—一三五〇），鎌倉時代末期至南北朝時代的歌人、隨筆家。出家後也被稱為兼好法師。日本三大隨筆之一《徒然草》的作者。前文那二句皆出自《徒然草》。

3 播州，現在的兵庫縣西南部。

他把妹妹的獨生子接到家中，當成夥計一樣壓榨到二十五、六歲。他悄悄觀察外甥的工作表現，發現外甥非常節儉，草鞋磨破後還把稻草留著聲稱可以做田裡的肥料，準備改天託人給鄉下的父母送回去。這年頭難得看到這麼惜物的年輕人，所以他很滿意，決定過繼外甥為養子來繼承這個家。當他問起養子想要甚麼樣的媳婦，養子回答，「就算娶了妻子，但人非草木，到了三、四十歲之後說不定會忽然變心出軌。唉，人在這方面真的很難說，到時候妻子若性情軟弱不敢管丈夫，丈夫就不會停止拈花惹草。為了防微杜漸，我想娶個瘋狂愛吃醋的妻子，如果是那種丈夫敢外遇就不惜持刀相向的妒婦，我想不僅我的一生會很安全，萬屋的財產想必也可永保安泰。」聽到養子這麼說，萬屋老闆拍膝叫好瞇起眼很高興，立刻四處打聽，找到一個看見父親和高齡九十的祖母多說幾句話，都會臉色大變橫眉豎眼大聲咆哮「噁心死了，別這樣」，個性古怪完全符合養子條件的十六歲女孩。給養子娶了媳婦後，夫妻倆就退休隱居，把家中財產毫不保留地全數轉讓給養子。這個養子，雖是世間罕有的天生節儉，一下子擁有了數不清的金銀財寶，難免還是得意忘形，別說是四十歲了，還不到三十歲就藉口交際應酬流連茶室酒家，自不量力梳起油頭，開始精心選購襪子、草鞋這些配件，妻子立刻變了臉橫眉豎眼地破口大罵，聲音甚至足以震破左鄰右舍家家戶戶的紙門。

「哎喲喂呀，真下流。一個大男人還在捲毛上抹髮油，對著鏡子一下抿嘴一下傻笑一下子搖頭，自己在那搔首弄姿，到底是演哪一齣戲。基本上你腦子還清醒嗎？你打的主意我都知道喔，真不要臉。我在鄉下的阿爹說過，男人就該保持種田的打扮，手腳的指甲縫塞滿泥土，眼屎也沒擦，挑著糞桶去茶室玩並且以此自豪，做不到的男人，全都只是送上門想當茶屋女郎的小白臉。你這樣油頭粉面，難道也想當茶室那些老藝妓包養的小白臉？我就知道，你這人向來小氣，肯定是不想花自己的錢，打算哀求老藝妓自己掏錢包養你，貪心地向人家討零花錢是吧？不必解釋，我都知道，如果不服氣就挑著糞桶出門呀，你做不到吧？你幹嘛露出那種不知是真情或假意的嘴臉，還自己對著鏡子奸笑，哎喲，髒死了，有那種閒工夫還不如修剪一下鼻毛好嗎？毛都露出來了，不服氣你就去挑糞桶……」妻子嘮嘮叨叨碎碎念個不停。本來就是希望這種時候妻子吃醋才娶來這個女人，可是妻子當真這樣撒潑吃醋後，他才發現並不愉快。當初為了討好養父母，他一本正經說自己想娶個潑辣的悍婦，這下子搬石頭砸了自己的腳。如今他暗自後悔不已。雖然很想動手打人，但住在後棟養老的老夫婦，只要聽說妻子撒潑吃醋似乎就很高興，還特地緩步來到主屋，呵呵笑著沒甚麼誠意地打圓場說「好了好了」，然後老糊塗地看著妻子發威，所以他也不能真的動手。可是話說回來，挑著糞桶去喝花酒也太荒謬，他只好上澡堂發洩悶氣，在浴池泡到頭都暈了才踉蹌出來，世上沒有比澡堂更便宜的地方，今晚如果去喝花酒，再怎麼省錢都得花掉一兩，反正泡澡泡到頭暈和喝花酒喝醉頭暈到頭來還不是一樣。他就這樣死鴨子嘴硬地掰些莫名其妙的歪理安撫忍氣吞聲的自己，回到家也不想看妻子的嘴臉，晚餐時逕自低頭喝了一合[4]小酒，還是覺得很沒意思，自暴自棄地大吃一頓後懶散躺下，把出入家中的園丁太吉老爹叫來，命太吉講述美作地方的七大怪談。那些故事他已聽過五十遍，所以枕著雙臂瞪著天花板逕自想心事，忽然起意把女傭叫過來替他按摩雙腿，看到妻子頓時又一肚子火氣，他不客氣地說，「喂，給我端茶過來。」然後讓妻子端著茶杯，自己還是躺著，稍微抬起頭讓妻子餵他，就這麼咕嚕咕嚕喝完茶還要抱怨茶太燙。不過就算他亂發脾氣，只要不去花天酒地，家中就太平無事，老夫妻吃吃笑著剛入夜便安心就寢，僕人們也因為老闆在家都很緊張，沒有哪個學徒敢用「去嬸嬸家」這種藉口開小差，女傭也不敢在屋後水井旁徘徊等情郎。掌櫃的守在帳房故作肅穆，煞有介事地翻閱帳本，無意義地撥算盤，起初只是裝模作樣，後來真的發現帳目有點不對，遂認真起來重新算帳。長松規矩坐在一旁強忍呵欠把廢紙攤平做成習字本，可他實在太睏了，連忙取出讀本，用內室也聽得見的大嗓門刻意朗讀「德不孤必有鄰」。男僕九助拆開破草蓆搓成串銅錢的細繩。女傭阿竹打算趁現在準備明早的味噌湯材料，嘿咻一聲抬起大屁股去地窖找青菜。做針線的阿六縮在燈籠的陰影中弓著背假裝專心拆衣服。連貓咪都精明地兩眼發光，即便廚房喀搭響起細微動靜，也立刻喵喵叫以示盡責。

眼看財產越來越多，這個家看似永保安泰，小老闆卻一個人悶悶不樂，妻子每晚在枕邊講的不是味噌醬菜如何就是鹽漬鮭魚的骨頭如何，掃興得讓人翻白眼，枉費自己坐擁金山，卻因討了個潑辣善妒的母老虎，只能躲在澡堂泡得頭暈眼花，還

4 合，容積單位。十合為一升。

得聽她嘮叨味噌醬菜和鹽漬鮭魚，可惡，要是老夫妻現在死掉就好了。他冒出大不敬的念頭，表面上若無其事地勤快工作，其實暗自伺機而動。後來老夫婦年紀都大了，老頭子留下「抽屜裡還剩下六根紙條搓成的外套繫帶」這句遺言就先過世了，老太太發現抽屜只剩四根繫帶耿耿於懷，不久也跟著過世了，從此他在這個家再也不用看任何人臉色，名符其實成了他的天下。他先帶潑辣善妒的妻子去伊勢神宮參拜，順道遊覽京都和大阪，讓她見識古都優雅的風俗，還帶她去看描述丈夫因為妻子太粗鄙憤而殺人入獄的戲劇，藉此暗中教訓妻子愛吃醋的毛病。他買了一大堆京都流行的華麗和服與腰帶給妻子後，女人果然膚淺，返鄉後也不想輸給京都人，開始盛裝打扮故作端莊地學習茶道和插花，她現在知道睡前講柴米油鹽太俗氣，也明白沒有人會挑著糞桶去喝花酒了，尤其認為吃醋過於粗鄙深感羞恥，

「其實我也不覺得吃醋撒潑是好事，只是為了討公婆歡心，所以才對你那麼大聲，對不起喔。」她甚至連說話都變得通情達理，「俗話說三妻四妾也是男人的本事嘛。」

「沒錯、沒錯。」男人深有同感地用力附和，「關於這個，」他說著露出一本

正經的表情，「最近養父養母相繼過世，令我也有點不安，身體狀況都不對勁了。俗話說三十歲是男人的厄年，」其實根本沒那種厄年。「我打算去關西那邊好好休養一陣子。」他這個藉口相當誇張。

「好好好。」妻子一臉溫柔，「隨你去一年、兩年都行，你就好好休養吧。你還年輕呢。如果現在就一臉凝重小氣巴拉過日子，那會短命喔。男人從五十歲再開始小氣就好。三十歲就小氣還太早了。難看死了。那種人都是戲劇裡的大反派喔。年輕時就該盡情玩樂。我也打算好好玩樂。你不介意吧？」妻子甚至脫口說出這種偏激的看法。

丈夫益發得意，

「沒問題、沒問題。反正我們怎麼玩，這些財產都花不完。堆在倉庫的金銀如果始終不見天日也太可憐了。那我就接受妳的好意，去京都大阪那邊休養一年。我不在的期間，妳儘管睡到日上三竿，多吃點山珍海味。我也會寄很多那邊流行的和服與腰帶回來給妳。」他說話格外溫柔，就這麼暗懷鬼胎匆匆去了關西。

丈夫走後，妻子每天睡到快中午才起床，邀來鄰家太太們大肆玩樂，招待堆積如山的美食，被太太們露骨的恭維哄得暈頭轉向，每天從內衣到外衣全部換新，站著搔首弄姿享受眾人的稱讚。掌櫃趁亂把主人的錢不斷拿回自己家。長松從早到晚都在廚房打混，伸頭進櫃子偷吃。九助窩在儲藏間喝濁酒，目光渙散地哼唱著念經似的曲調。阿竹對鏡脫衣露出兩隻胳臂擺出相撲力士打狐拳[5]的架式，胡亂將白粉塗抹滿臉像鬼一樣，自己都對這張醜臉感到絕望不禁哭出來。做針線的阿六把夫人的舊衣服偷進自己的行李，東張西望後取出煙管偷抽菸，屈起膝蓋從鼻孔用力噴出二條輕煙，袖手走出後門，就此徹夜不歸。貓也懶得去抓老鼠，躺臥在火爐旁拉屎。家中到處是蜘蛛網，滿院雜草叢生，從前的秩序已徹底破壞。

而做丈夫的去了關西那邊，起初像鄉巴佬一樣戰戰兢兢上茶室，花點小錢玩就很開心了，但是被生來就為了說甜言蜜語的茶室女郎圍繞著獻殷勤，聽到她們毫不保留地恭維「要是客人都像老闆您這樣，那我們做生意就輕鬆了，瞧您年輕英俊又斯文儒雅，溫柔體貼氣質高尚，安靜瀟灑看似武功高強，為人可靠且穿衣時尚，而且觀察入微，看起來又能幹，最重要的是，哦呵呵呵！您有錢又大方」，他果然昏了頭，以為天下首富或許就是自己，逐漸大膽嘗試一擲千金。反正錢本來就是用來花的，花掉吧！他想通了，開始大把大把砸錢，又從家鄉叫人寄來更多金銀。到此地步已經顧不得甚麼休養身心，一心只計較著不能輸給關西這些風雅的尋芳客。他的眼神變了，臉也蒼白瘦削，只為了爭口氣而拼命花錢，龐大的財產不到一年就揮霍一空。家鄉派來的人附耳告訴他家裡已經沒剩多少錢，他當下愕然，「明明應該還沒花到百分之一，哎呀呀，難道金子生了翅膀會飛？怎麼會這麼快就花光了，好，來日方長，今後正好可以展現一下我的賺錢本領，靠著養父給的財產耀武揚威太卑鄙，男人還是得白手起家才行，財產散盡反而神清氣爽！」他死要面子地嘴硬，發出空虛的笑聲，異常亢奮地宣稱今晚要最後一次喝個痛快，但青樓的人很無情，當下鴉雀無聲，隨即一一起身離席，還有人吹熄了席間的蠟燭，四下忽然一片漆黑讓他很不安，「拿酒來！拿酒來！」他大喊著拍手但誰也沒來，最後只有老鴇佇立走廊，用那種教訓旁人的疏離語氣說：「今天是官府巡視的日子請你安靜點。」他目瞪口呆，「不愧是京都，薄情至極，反而讓人感到痛快，了不起！」他

5 狐拳，類似剪刀石頭布的猜拳遊戲。

如此誇獎老鴇後拂袖而去。此人本非池中物，是被那萬屋吝嗇的大老闆看中的男人，「小意思，錢這種東西，只要自己願意，想賺多少都能重新賺回來，今後返鄉努力工作，掙得比以前更多的財產後，我一定會再來京都，為今天受到的無情對待還以顏色，老太婆，妳可別太早死，一定要等我回來！」他在心裡這麼撂下狠話，腳步倉皇地離開了經常光顧的茶室。

返鄉後他做的第一件事就是叫來掌櫃，他說：「你們說家中已沒錢，但那是錯的，這種話絕對不能隨便亂說。號稱無法計數的萬屋財產，不可能在一、兩年之內花光，你甚麼都不懂，從今天起由我坐鎮帳房，你就等著瞧吧。」他當下翻修店面開起錢莊，一切都是自己親手打理，不眠不休四處奔走之下，萬屋畢竟還是深受世間信任，許多人不知道現在店內已經沒有半毛錢，還是安心將金銀存在這裡。這些存進來的金銀被他左手進右手出，千方百計地四處挪用周轉，從未讓人識破底細，生意逐漸越做越大。如此過了三年後，至少在表面上已經恢復萬屋從前家財萬貫的氣勢，他雄心萬丈地決心明年一定要重返京都，盡情羞辱那些無情的青樓中人，以償當初的憾恨。

這年年底，他妥善將交易支出全部結清，雖然手上一毛錢也不剩了，但他得意洋洋告訴妻子與掌櫃，「這正是聰明商人的本領，商人最注重的就是台面上的信用。雖是拆西牆補東牆，內庫空空如也，但只要今年年底沒有露出馬腳，順利敷衍過去，明年起就算不去呼籲大家來存款，自然也有人爭先恐後上門送錢，所謂的富翁就是像我這樣擅長周轉金錢的男人。」這時有人來兜售新年裝飾品，要價一個三文錢，他說，「這麼廉價的裝飾品應該去小店推銷，你是不是走錯門了？」大笑著把賣貨郎趕走，實際上別說是三文錢了，家裡一文錢現金都沒有。事到如今想起這個事實不禁暗自悚然，恨不得除夕夜的鐘聲趕快響起，幸好這時咚的一聲，除夕夜的鐘聲挾著千金之重鏗然響起，他不由咧嘴笑得像財神爺一樣說，「好了，這下子沒事了，老婆，明年又可以帶妳去關西玩了，這兩、三年委屈妳也跟著面上無光，怎麼樣，看到妳男人有多能幹了嗎？重新愛上我了吧，有首歌說戒酒省錢也造不出金庫，不如喝一杯痛快慶祝。」就在他聽著除夕的鐘聲，如釋重負地吩咐妻子備酒之際，

「打擾了。」門口傳來某人的聲音。

一個眼神尖銳的瘦削流浪武士大步走進來，對著老闆說，

「之前從你店裡領的錢之中，夾雜了一粒假銀子。我來退換。」說著扔出一小粒碎銀。

「啊。」他驚呼著站起來，別說是一粒碎銀子了，一文錢都沒有。

「那真是不好意思，但敝店已經打烊了，請明年再來好嗎？」他故作爽朗微笑若無其事說。

「不行，我等不了那麼久。除夕夜的鐘聲還沒敲完呢。我也得靠這筆錢支付今年欠的債。討債的還在門口等我。」

「那就麻煩了。我們已經打烊，錢都在金庫裡。」

「少來這一套！」流浪武士大吼，「我又不是要一百兩一千兩。只不過是區區一粒銀子。這麼大的房子，你可別跟我開玩笑說手邊一粒銀子都沒有。咦，你那是甚麼表情？沒錢嗎？真的沒有嗎？一文錢都沒有嗎？」被他用響徹近鄰的大嗓門這麼一吼，等在店門口的討債人狐疑地犯嘀咕，左右兩鄰的工匠家和賣炭的也豎起耳朵，好事不出門壞事傳千里，人們的耳語頓時流傳四面八方。可嘆禍福無常，就在

除夕夜的鐘聲中曝光了財產真相，辛苦經營三年的苦心也化為泡影，巧婦難為無米之炊，區區一粒銀子就讓大富豪萬屋立時破產。

《日本永代藏》，卷五之五，〈三匁[6]五分之破曉鐘聲〉

6 匁，江戶時代的白銀貨幣單位，一匁等於一錢。

裸川

鐮倉山[1]的秋日暮色中，青砥左衛門尉藤綱匆匆策馬過滑川，走到滑川中央，他因故取出掛在腰間的錢袋，打開袋口時，不慎將袋中約十文錢撲通掉入河中。青砥臉色一變，立刻停馬彎腰，睜大雙眼凝視河面恨不得如霹靂電光射穿河底，然而潺潺清流在夕陽下反射粼粼波光，片刻不肯停歇地洶湧奔流，令他無法看穿河底。青砥左衛門尉藤綱坐在馬上煩悶地扭動身子。他思忖今後是否該立一條家規告誡後代子孫，過河時不管有甚麼事都不准打開錢袋。他就是無法死心。到底掉了幾文錢呢？今早離家時，一如往常拿了四十文銅板，他還數了二遍才放進錢袋，之後在衙門用掉三文。因此現在這個錢袋裡應該還剩下三十七文，掉到河裡的錢大約有十文嗎？不管怎樣，只要檢查錢袋中還剩多少錢就知道了，但在河中央算錢太危險，還是過河之後再確認吧。青砥窩囊地垂頭喪氣，長嘆一口氣，沮喪地策馬前行。上岸後他跳下馬，在河岸盤腿而坐，打開錢袋，把剩下的錢嘩啦嘩啦都倒到膝間，駝背一、二、三、四地開始小聲數數。還剩二十六文。嗯，如此說來掉到河中的有十一文。真可惜，太可惜了，就算只是十一文也是國土重寶，如果就此放棄，那十一文只能沉在河底日漸腐朽。這樣太浪費，太可怕，絕對不能就此離去，他狠狠下定決心，哪怕是砸開地面、打破地軸、直搗龍宮，也得討回這筆錢！

但青砥絕非猥瑣的守財奴。他是個質樸節儉、兩袖清風的官吏。他吃飯只有一菜一湯，而且不是一日三餐，是一日只吃一餐。但他的身體倒是很健康。衣服只有身上穿的這件，並特地染成深褐色以免讓人看出衣服的汙垢。據說漆黑的衣服反而會讓汙垢更顯眼。那是非常厚實的深褐色布料做成的衣服。他一輩子都只靠這件衣服過日子。他的刀鞘未塗漆，只是斑駁塗上黑墨。連他的主人北條時賴[2]都看不下去，說道：

「喂，青砥。我給你稍作加薪吧？我在夢中接到神諭叫我多給你一點薪水。」

青砥聽了面露不滿，

「作夢怎能當真。萬一改天您夢到神明叫您砍我的腦袋，您要怎麼辦？肯定會砍死我吧？」他振振有詞地拒絕加薪。他是個無欲無求的人。如果薪水有剩餘，就全部分給附近的窮人。所以附近的窮人都很懶，甚至吃的是昂貴的鹽烤鯛魚。他絕

1 鎌倉山，位於昔日的相模國，亦即現在的神奈川縣。

2 北條時賴（一二二七—一二六三），鎌倉時代中期的鎌倉幕府第五任執政者。

非吝嗇之人，只是為了國家率先身體力行質樸簡約的生活。他的主人時賴不愧是從母親松下禪尼那裡學過如何親手張貼紙門，喝酒時總是拿味噌當下酒菜，也是相當節儉的人，所以主僕二人倒是志同道合。本來當初提拔青砥左衛門尉藤綱為引付眾[3]的，就是時賴。青砥本是流浪武士，對牛大吼的軼事傳入時賴耳中，時賴認為此人頗為有趣，於是任命他為引付眾。至於那段軼事，其實是青砥看到牛在河中小便，大怒之下跺足吼叫：

「嗐，你這頭牛真不像話！在河裡小便未免太浪費。可惜了。如果尿在田裡，本來是上好的肥料。」

他是個認真的人，也難怪他為了十一文錢掉進河裡都不惜追到龍宮。他把剩下的二十六文錢放回錢袋，綁緊袋口的繩子，起身招來村民，從懷中取出另一個錢包，本欲取出三兩又收回一兩，考慮片刻後用力點頭，又取出那一兩，最後還是把三兩交給村民，吩咐對方用這筆錢盡快召集十個工人前來，自己則把馬綁在河岸，悠然擺出官威在大岩石坐下。此刻已是薄暮。不如延至明日再尋找？那可不行。如果延至明日再找，說不定那十一文錢今晚就會被河水沖走不知所蹤，只留下永遠失去國土重寶這個可怕的結果。趁著十一文錢尚未被零散沖走，必須盡快把錢撿回來。就算通宵搜尋也無所謂。青砥獨自坐在昏暗的河岸，文風不動。

之後等工人們聚集而來，青砥指揮他們先在河岸生起火堆，接著命令眾人分持火把走進冰冷的河水中開始尋找十一文錢。在火光映照下，秋天的河流看似一匹夜色織錦，人們的手腳阻斷水流形成處處淺灘頗為壯觀。「那裡，那邊，不對，再右邊一點，不對、不對，靠左邊……」雖然青砥聲嘶力竭不停指揮，但畢竟夜色昏暗，況且就連青砥自己都不確定當初掉錢的位置，縱使青砥一個人焦躁立誓不惜砸開地面、打破地軸、直搗龍宮也要找到錢，但工人們的指尖連一文錢也沒摸到，只有寒冷的河風刺痛皮膚，工人全都凍得半死苦不堪言，終於四處響起不滿的嘀咕聲。甚至有工人一邊摸索水底，一邊哭哭啼啼抱怨自己造了甚麼孽才落到這種悲慘處境。

這時，工人之中有淺田小五郎這個三十四、五歲的賭徒。據說人在三十四、五

3　引付眾，鎌倉時代至室町時代的職稱。處理訴訟、庶務的副主官。

歲的時候最自戀，不過這個淺田本來就因家世比人略勝一籌頗為自傲，雖然現在落魄了淪為工人，依然桀敖不馴蔑視長輩，工作也很偷懶，靠著一點小聰明賺得不義之財時，就請年輕人喝酒，聽到對方說大哥真慷慨，他就得意地說「也沒甚麼啦」，著實是個大笨蛋。這時，他只是做出和其他工人一起一手拿火把一手摸索河底的姿態，其實根本不打算認真搜索。他純粹是胡亂配合大家行動想賺點工錢，但青砥在河邊生火，照得滿臉通紅如惡鬼，瞪著眼監視工人，還大聲指揮「往右邊！往左邊！」因此淺田覺得很煩。「嘖！小氣鬼，十一文錢都捨不得啊，這樣小題大作窮緊張！窮官員就是這樣才討厭，如果真那麼想要錢，不如我給你吧，有甚麼了不起，不過是十文、十一文！」他越想越惱火，忍不住又想展現自己的慷慨大方，於是從自己胸前的圍裙悄悄取出三文錢，

「找到了！」他大喊。

「甚麼，找到了？找到錢了嗎？」青砥在岸上聽到淺田的叫聲欣喜若狂，「找到錢了嗎？真的找到了？」他伸長脖子執拗地一再追問。

淺田覺得很可笑，

「是，找到了。找到三文。我拿給您看。」說著就要朝岸邊邁步，青砥立刻扯高嗓門，

「別動！別動！繼續找那塊地方。一定就是那裡。我就是在那裡掉的錢。我現在想起來了。就是那裡沒錯。應該還有八文錢。掉進水裡的錢肯定還在當初掉落之處。喂！各位，已經找到三文錢了。大家再加把勁，在那傢伙周圍找一找！」青砥說得非常激動。

工人們絡繹聚集到淺田身邊，

「大哥果然直覺靈敏。該不會有甚麼訣竅吧？也教教我吧。我已經快凍死了。怎樣才能像你一樣順利找到錢？」

眾人紛紛詢問。

淺田一本正經說，

「小意思，談不上甚麼祕訣，問題在腳趾。」

「腳趾？」

「沒錯。你們不應該用手摸索。應該像我一樣，你們看，這樣靠腳趾尖摸索就

會找到。」他說著，一邊古怪地挺起腰踩著河底的沙子用力，趁大家盯著他的腳時又從自己的圍裙口袋偷偷取出二文，

「咦？」他嘟囔，握著那二文錢的手伸進水中，

「找到了！」他叫喊。

「甚麼，找到了？」青砥的怒吼聲立刻響起。「找到錢了嗎？」

「是，找到了。只有二文。」淺田一手高舉著回答。

「別動、別動。繼續找那塊地方。快！各位，那傢伙特別厲害喔。各位也別輸給他，加油，繼續找！」他渾身顫抖更加激動地指揮。

工人們全都怪異地挺起腰，用力踩河底的沙子。這樣不用彎腰，身體輕鬆多了。大家都很高興，一手拿著火把開始手舞足蹈。岸上的青砥一臉費解，斥責他們叫他們別嬉鬧，但工人說只要用那種姿勢就能找到錢，青砥只好鬱悶地望著那種舞蹈。之後淺田又趁大家不注意時分別從圍裙取出三文和一文，

「找到了！」

「啊，找到了！」

他一本正經地叫喊，最後這十一文錢全是他一個人假裝撿到的。

岸上的青砥大喜過望，從淺田手裡接過十一文錢反覆數了三遍，嗯，的確是十一文沒錯。他深深點頭，慎重放進錢袋，咧嘴一笑，

「對了，你叫做淺田是吧，這次你表現得很好。託你的福找回了國土重寶。我要給你一兩以資獎勵。掉到河裡的錢只能就此腐朽，但輾轉在人們手中的錢，永遠活在世間四處流通。」他不勝感慨地說完，給了一兩賞金，翩然翻身上馬就此離去，工人們目送他的背影，都說他是個傻瓜。這些無知的工人無法理解青砥的深憂，還嘲笑青砥是貪小失大，可見古今社會的小人同樣膚淺，無藥可救。

不管怎樣，總之意外賺到了三兩工錢，有人提議今晚去喝酒好好慶祝一番。這些工人很沒出息，已經忘了青砥的節儉，當下紛紛起鬨，淺田照例要表現他的慷慨大方，爽快地把他得到的一兩賞金也拿出來請眾人喝酒，於是眾人更加興奮，辦了一場有生以來最奢侈的酒宴。

淺田不管怎麼說都是席間的明星人物。大家都說「託大哥的福才有今晚的享受」，淺田本來可以一笑置之，卻忍不住歪著嘴嘲笑，

「話說回來，那個青砥真是人傻錢多。壓根不知那是從我圍裙口袋取出的錢。」

全場聽了大吃一驚，拍膝讚嘆，露骨地恭維「大哥的聰明才智令人甘拜下風，大哥只是命不好投錯胎，否則應該地位比青砥更高」，酒宴這下子更加沸反盈天，不過，哪裡都有正經人。突然從宴席一隅響起「淺田你這個渾蛋！」的怒吼聲。一個矮小的男人臉色蒼白瞪視淺田，

「剛才聽了你炫耀自己欺騙青砥的經過，我簡直噁心得想吐，酒都喝不下去了。淺田，你是個人渣。我早就看你賣弄聰明的馬臉不順眼了，但我沒想到你會這麼不知廉恥。好歹該有點分寸吧，渾蛋。枉費人家青砥一番高潔的志向，被你的小聰明這麼攪局，變得像遭到搶劫還加碼送錢給搶匪一樣荒唐可笑。欺騙別人比搶劫更可惡。你不覺得丟人嗎？天意莫測最可怕。你如果這樣不把世間放在眼裡，肯定很快會大禍臨頭。我不想再和你們來往了。從今天起我們恩斷義絕。今後我要回去孝順父母。你們不要笑。我看到這世間膚淺百態後，不知怎地，忽然想當個孝子了。過去雖也不時發生過這種事，但是到了今天，我真的忍無可忍了。我要徹底金盆洗手，回家孝順父母。人如果不孝順父母，無異於豬狗畜生。你們別笑。父親、

母親，請原諒兒子今日之前的種種不孝。」說到最後，爭執已演變到意外的方向。之後這個矮小的男人放聲大哭，一路哭著回家，翌晨天沒亮就起床砍柴、搓草繩編織草鞋幫父母工作，贏得孝子的美譽，獲得時賴公召見，幸福地過著家運昌隆的人生。不過這是後話了。

話說回來，被淺田狡猾欺騙的青砥左衛門尉藤綱，當晚非常愉快地返家，把妻小召集過來說，「今天為父經過滑川時，打開錢袋不慎將十一文錢掉入河中，我不甘心讓國土重寶永遠沉在河底腐朽，因此找來工人們給了三兩工錢，指揮他們就算到地獄底層也要找到錢。其中一個看起來特別聰明的工人，用腳趾尖在河底摸索，很快就把十一文錢通通找回來了，我特別給那人一兩賞金，為了找區區十一文錢花了四兩金子，你們懂得為父的心意嗎？」說著莞爾一笑環視眾人。大家吞吞吐吐，只是含糊點頭。

「你們應該懂吧。」青砥滿臉得意。「在河底腐朽的錢是國家的損失。給別人的錢則是世間的經濟流通。」他把之前在河邊教訓工人的話又開心地重述一遍。

「爹。」看似伶俐的八歲女兒眨巴著眼睛問。「您怎麼知道掉到河裡的是十一文錢？」

「噢，這個嗎？阿律，妳真是早熟的孩子。這個問題問得好。爹每早都會在錢袋放四十文零錢去衙門。今天在衙門用掉三文，錢袋應該還剩三十七文，可是當時只剩二十六文了，妳說，掉到河裡的應該是多少錢？」

「可是爹，今早您去衙門的路上，在寺廟前遇見我，給了我二文錢叫我施捨窮人。」

「嗯，是有這回事。我都忘了。」

青砥當下愕然。掉到河裡的應該是九文錢才對。掉了九文，卻從河底找到十一文，這太奇怪了。青砥也不是笨蛋。他當下察覺這或許是那個叫做淺田的面貌平庸工人使的甚麼詭計。仔細想想，說甚麼用腳摸索比用手快也很荒謬。總之明天一早就把那個叫甚麼淺田的工人找來官府，好好審問清楚再說！當晚青砥非常不開心地就寢。

騙術似乎必然會穿幫。淺田對於掉了九文卻撿到十一文當然無從辯解。青砥怒火中燒，該死的小人膽敢欺瞞官府之人，真恨不得將他大卸八塊，但青砥還是對掉到河中的九文錢耿耿於懷，於是用雷鳴似的大嗓門宣布：「首先，哪怕是耗費十年、二十年甚至一輩子，你都得一個人給我把那些錢找回來。為了避免你再次耍小聰明，從圍裙甚麼的偷偷掏錢出來，你必須光著身子去找錢，沒把九文錢都找到之前，就算颳風下雨也得天天去河邊，在衙役的監視下給我把河床每一寸泥土都翻過來。」認真的人一旦發起脾氣還真可怕。

從那天起，淺田就在衙役的嚴密監視下光著身子在河中找錢。第十天找到一文錢，過了二十天又找到一文，等到河邊的柳葉通通掉光，河水枯竭露出蕭瑟的冬日河床，淺田就默默揮鏟把沙子挖起來，結果出現的不是錢，只有破鍋舊釘子爛碗這些廢物在河岸堆積如山。一個老太婆識途老馬似的蹣跚走下河岸，問負責監視的衙役說，「我之前也在這邊掉過一隻髮簪，還沒找出來嗎？」衙役問她是幾時掉的，她說「我也記不清楚了，應該是出嫁不久的時候，所以總有六、七十年了吧」，因此被衙役數落一頓。等到滑川不知幾時被人稱為裸川，成了鎌倉知名景點之一時，換言之也就是到了第九十七天，淺田已將河床約三百坪面積翻得寸土皆無，總算找齊了九文錢，再次見到青砥。

「混蛋，學到教訓了嗎？」

淺田一聽倒也不害怕，抬起頭說，

「之前交給您的十一文錢，是從我的圍裙取出的，所以請把錢還給我。」所謂死鴨子嘴硬大概就是說這種人，後來成了人們的笑談。

《武家義理物語》，卷一之一，〈因我失物而成裸川〉

道義

為道義不惜一死，這是武家的家規。從前在攝州[1]的伊丹有神崎式部這個正義的武士。此人在伊丹城主荒木村重的麾下擔任橫目役[2]，長年保護主家穩如泰山。城主的次子村丸小殿下不像長子重丸那樣成熟穩重待人和氣，特別調皮搗蛋，令神崎在內的一干重臣頭痛萬分，但城主荒木反而偏愛這個胡作非為的次子勝過溫文儒雅的長子，總是笑著縱容次子的任性，使得村丸變本加厲，終於在某日提出誇張的要求，揚言要去蝦夷遊覽當地風光，見識一下那是甚麼樣的地方。家臣們的勸阻反而讓他更得寸進尺地耍賴，最後甚至一腳踹翻餐桌，宣稱沒看到蝦夷之前都不吃飯了。本就溺愛村丸的城主荒木，這次也笑著說，「可以，想一覽蝦夷也行，你去吧，年輕時的遠行經驗將是一生的良藥。」就這麼若無其事地答應了次子任性的要求。隨行者是包括神崎式部在內的三十名精挑細選的武士。

在這些隨行者之中，有二名少年是為了陪小殿下聊天才加入隊伍。其中一人叫做神崎勝太郎，今年十五歲，是式部心愛的獨生子，容貌秀麗舉止端肅，是個不辱父親英名的優秀年輕武士。另一人是式部的同僚森岡丹後三個兒子中的老么丹三郎，今年十六歲，和勝太郎比起來各方面都相形見絀，膚色雖白但眼尾下垂，嘴唇肥厚鮮紅好似豬八戒，打扮得卻相當時髦，對額頭的面皰很在意，每早偷偷拿浮石搓揉，因此額頭異樣發紫還特別光亮。他的身材肥碩高大，舉手投足遲鈍笨重，討厭武藝，色慾旺盛，總是懶洋洋地歪身坐著，偶爾不知想起甚麼還會露出奸笑，總之說有多討人厭就有多討人厭。但這孩子不知何故竟討得小殿下村丸的歡心，成天喊他章魚長章魚短的。他總是寸步不離跟著小殿下，盡是給小殿下出餿主意，和小殿下一起下流地相視大笑。式部本就不喜歡這個丹三郎。這次的蝦夷之旅當然也不想讓這孩子加入隊伍，但自己的獨子勝太郎已在城主吩咐下成為小殿下的遊伴之一，自然不好隨便趕走同僚森岡丹後的兒子。這是對同僚的道義。森岡丹後似乎也出於父親的溺愛，並不覺得自己的么兒丹三郎有那麼頑劣，

「神崎大人，這次運氣不好輪到我留守，但我的么兒丹三郎有幸代我加入隨行的隊伍，所以我就等著小犬回來描述當地的風光吧。不過小犬也是初次出門旅行，他光長了個子其實還是小孩子，因此諸事還要拜託你多多照顧。」

1 攝州，現在的大阪府中北部大半及兵庫縣東南部。

2 橫目役，江戶幕府的職稱，負責監視。

森岡流露做父親的真情，肅然跪坐在榻榻米上伏身向他行禮。式部開不了口推拒。更何況小殿下也私下下令一定要帶章魚，所以無論如何都得把章魚加入名單。他就這樣不甘不願地帶著丹三郎出發了，過了京都沿著東路下行，抵達草津的驛館時，丹三郎已成為眾人的包袱。別的就先不說了，問題是他總是嚴重賴床。和小殿下二人在旅館女服務生的圍繞下賭博或打狐拳玩雙六到深夜，猥瑣地偷笑鬧得起勁，式部實在看不下去，鼓起勇氣從隔壁房間強烈建議「明天一早要出發，您該早點就寢了」，但小殿下不當一回事，

「這是遊山玩水之旅。沒關係。對吧，章魚？」

「是。」章魚回答，笑得鬼頭鬼腦。到了翌晨，章魚起得比小殿下還晚。只因這丹三郎一人睡懶覺，害得一行人從驛館出發的時間總是延誤。小殿下悠哉說，

「把他丟下吧。之後他自己會追上來。」說完就打算把章魚留在驛館立刻率眾出發，但神崎式部畢竟受到丹三郎之父丹後親自拜託照顧那孩子。他不可能丟下丹三郎逕自出發。於是吩咐兒子勝太郎去叫丹三郎起床。勝太郎比丹三郎小一歲。因此用比較客氣的說法喊丹三郎起床。

「丹三郎兄，該出發了。」
「啊？時間還很早呢。」
「小殿下早就準備好了。」
「那是因為昨晚小殿下後來似乎睡得很好。可我後來還想了很多事情，一直睡不著。況且你老爹的打呼聲也很吵。」
「不好意思。」
「要做忠義之臣也很辛苦呢。就像我，每晚都得陪小殿下玩，累得要命。」
「我能理解。」
「嗯，真是受不了。偶爾也該由你來代替我的任務。」
「是，我很想陪小殿下，但我不會狐拳。」
「那是因為你們都是粗人。並不是只有一板一眼才叫做忠臣。起碼該學會狐拳。」
「是。」勝太郎沒啥底氣地笑了，「不過話說回來，大家都已經要出發了。」
「誰跟你扯甚麼『話說回來』！你們根本就是瞧不起我。昨晚我就是想到這個氣得睡不著。要是我爹也一起來就好了。離開父母獨自出遠門，必須怎樣看大家的臉色，你是不會懂的。我打從離開家鄉就一直覺得在人前抬不起頭。人真是薄情啊。在我爹看不見的地方就恣意欺負我。不，我可不是說你們父子喔。你們父子是好人。你們太好了，甚至好得多餘。等這次蝦夷之旅結束，我打算把你們父子的事逐一報告家鄉的城主與我爹。我甚麼都知道，你爹好像很疼愛你是吧？你用不著隱瞞。昨晚抵達這驛館時，我聽見你爹說，『勝太郎啊，快給腳上的水泡噴點燒酒消毒。』他對我才不會這麼說。雖然當著大家的面前對我很親切，哼，我心裡清楚得很。真正的父子之情，果然爭不過。『噴點燒酒』？噴！之後你們父子倆就把剩下的燒酒一起喝光了吧，是不是？不僅一滴酒也不讓我喝，甚至還想阻止我玩狐拳，真沒意思。昨晚我就是為此苦惱許久。不好意思我得再睡一會。」

神崎式部隔著紙門聽見了這番話。他真的很想扔下這混帳孩子逕自出發。事實上他的確該一走了之。這樣的話，或許也就不會發生之後的種種悲劇了。然而式部是個注重道義的武士。他難以忘記丹後跪在榻榻米上說著「諸事還要拜託你多多照顧」低頭行禮的聲音與模樣。結果那天式部還是默默等待丹三郎起床。

丹三郎的胡鬧毫無下限。過了草津、水口、土山，要上鈴鹿嶺時，他嚷著走不動了。他本就不擅長騎馬，又不甘心讓人識破自己的騎術拙劣，起初還硬著頭皮上馬，但屁股痛得受不了，於是聲稱「旅行還是該徒步，反正是出來散心的遊山玩水之旅，騎馬旅行太艱苦乏味也太粗俗」。他怕只有自己不騎馬很沒面子，因此勸勝太郎也下馬步行，二人隨侍在小殿下的轎子左右一路走到現在，但是眼看要上山嶺，他忽然又開始說徒步也很粗俗。

「這樣埋頭走路豈不是太不解風情了。」章魚只想坐轎子翻越山嶺。

「您還是覺得騎馬比較好吧？」勝太郎自己倒是都無所謂。

「甚麼，騎馬？」死都不能騎馬。開甚麼玩笑。「騎馬當然也不錯，不過，俗話說有一長必有一短。」他含糊其辭唬弄人。

「的確。」勝太郎老實點頭，「有時我也覺得人要是能像鳥一樣飛翔天際就好了。」

「說甚麼傻話。」丹三郎嘲笑他，「根本沒必要飛上天，」他只想坐轎子，但他終究不敢明目張膽說出來。「雖然沒必要飛上天，」他又重複一次，「但是難道不能邊睡邊前進嗎？」他迂迴地打啞謎。

「那恐怕很困難吧。」勝太郎摸不透丹三郎的真意，而天真無邪地回答。「如果騎在馬上，倒是可以邊睡邊前進。」

「嗯，那樣——」那樣太危險。章魚可沒有在馬上睡覺的本領。睡著就完蛋了，肯定會墜馬。「那樣也太不文雅了。醒來之後就算問這是哪裡，馬也不會回答你。」如果是坐轎子，轎夫就會回答「少爺，已經差不多走到桑名了」。唉，好想坐轎子啊。

「說得好。」勝太郎不懂章魚的謎語，只是純真地笑了。

丹三郎惱火地斜眼瞪視勝太郎，

「你也是個不解風情的莽漢。毫無體貼之心。」他用嚴肅的語氣說。

「啥？」勝太郎愣住了。

「看我這樣也該知道吧。我已經走不動了。我生得這麼胖，所以兩腿互相摩擦，是忍著不為人知的痛苦在走路。這種事你看了也該知道。」他說著突然痛苦地皺起臉，拖著一隻腳跛行。

「你扶他一把。」隨扈在轎子後方的神崎式部，這時只好苦笑著吩咐勝太郎。

「是。」勝太郎跑到丹三郎身旁，拉起章魚的右手。章魚大怒，

「不必了！別看我這樣好歹也是森岡丹後的兒子。讓你這種少年攙扶著翻越山嶺的消息萬一傳回家鄉，那我爹和哥哥們多沒面子啊。你們父子倆是串通一氣要嘲弄我們森岡家是吧！」他自暴自棄地大吼大叫。神崎父子驚愕不知所措。

「式部。」這時小殿下從轎中喊道，「讓章魚也坐轎。」小殿下倒是善解人意。

「是，屬下遵命。」式部平伏在地回答。章魚可得意了。

之後，一行人經過關、龜山、四日市、桑名、宮、岡崎、赤坂、御油、吉田，章魚始終趾高氣昂地躺在轎子裡打瞌睡繼續旅程。抵達驛館後照舊晚上通宵嬉戲早上不肯起床。為了丹三郎一個人，他們已經比出發時預定的行程晚了將近十天。四月底的這天，他們預定要住宿在駿河地方的島田驛館，一行人匆匆自掛川出發，打從翻閱小夜中山嶺時就開始下起豪雨，途中經過的菊川也氾濫成災，濁流沖擊橋梁溢過道路，而且狂風大作呼嘯聲驚人，眾人的雨衣下擺被強風吹起幾乎扯碎。好不容易匍匐著抵達金谷驛館，在此清點人數後，幸好眾人都平安無事，好了，接下來

必須翻越知名的難關大井川才能去島田驛館，式部站在大井川的河岸觀察河水的情況，

「河水看來越漲越高，今天還是先在這金谷住一晚吧。」他吩咐隨行者。

然而任性妄為的小殿下不滿式部這種謹慎的處置。他望著河水不屑地嘲笑，

「怎麼，這就是那條有名的大井川嗎？還不到淀川的一半嘛。比我們家鄉的豬名川和武庫川還小。你說是吧，章魚？連這種小河都不敢過，看來式部也是老糊塗了。」

「就是啊。」章魚斜眼覷著神崎父子，嬉皮笑臉說，「我從小就天天騎馬越過家鄉的豬名川，所以這麼小的河流就算水位漲得再高我也不覺得可怕。不過，據說有種天生的怪病叫做水癲癇，縱然再怎麼精通騎射武藝，看到水也會嚇得渾身哆嗦打擺子，而且好像會從父親身上遺傳給孩子。」

小殿下笑了，

「還有這麼奇妙的病啊。式部你應該沒有那甚麼水癲癇的毛病吧？不如這樣，章魚，我們兩個策馬比賽越過這濁流，就像昔日宇治川先陣之爭[3]的佐佐木與梶

原，看誰先抵達河對岸，膽小的式部乃至其他隨行者看了，想必也只好隨後跟來。總之今日之內一定要越過這大井川抵達島田驛館，否則有損我們西部武士的英名。章魚，我們走吧！」說完就揚鞭策馬，作勢朝濁流奔去，式部拚命攔阻，在大雨中甩開蓑衣和斗笠，抓著小殿下坐騎的韁繩不放，

「不可，萬萬不可。屬下早就聽說大井川的河底形狀變化無常，水底深淺不一，就連天天過河的腳夫都經常一腳踩空，更別說我等異鄉人，縱有力拔山河之勇，光靠血氣方剛還是難以渡河。今天就當屬下是得了水癲癇還是甚麼怪病都無所謂，總之請憐憫屬下的怪病，千萬不要現在過河。」式部流淚如此懇求。

其實很膽小的丹三郎，嘴上雖然說得神氣，但是聽到小殿下說出「章魚，我們走吧」時，早已頭暈目眩心慌意亂，不知如何是好，現在看到式部出面勸阻小殿下，這才鬆了一口氣，蒼白的臉上勉強擠出怪異的笑容說，

「嘖！真可惜。」

3 宇治川先陣之爭，壽永三年木曾義仲與源義經在宇治川對峙，義經陣營的佐佐木高綱和梶原景季，騎著源賴朝送的名駒比賽誰能夠先抵達敵陣。

壞就壞在他這句話。他的無心之言反而刺激了小殿下的叛逆心理。

「章魚，式部是膽小鬼。別管他，我們走！」趁著式部鬆手，他猛然甩了馬一鞭，暴虎馮河，撲通一聲跳進濁流。式部這下子也只好豁出去了，

「快！跟著小殿下！」他激動地命令隨行者。三十個武士各個強壯精幹，毫不猶豫地逐一策馬躍入濁流，撥開大浪緊追在小殿下身後。

岸上只剩下丹三郎與身為跡見役[4]的式部父子。丹三郎渾身哆嗦緊握勝太郎的手，

「小殿下太野蠻了。毫無體貼之心。其實我最不擅長騎馬。這簡直是胡來嘛。」他帶著哭腔訴說。

式部沉靜地環視四周，確認沒有遺漏的痕跡後，這才扭頭對丹三郎說，

「這一切都是你自己多言惹禍。不過現在追究這個也已於事無補，還是趕緊追上小殿下吧。這麼洶湧的濁流，我也沒把握我們能否平安抵達對岸。不過，當初我要啟程時，你父親丹後大人曾說，丹三郎還是小孩子，而且是第一次出門遠行，請我諸事多多照顧。我忘不了他的那句話，所以才一直忍到今天，盡量照顧你。現在

要渡過這濁流，如果你出了甚麼三長兩短，我這些日子的辛苦才真的是化為泡影。我替你留了最強壯的一匹好馬。讓我兒勝太郎打頭陣，先去試探水底深淺。你只要抱緊馬脖子跟在勝太郎後面就行了。我也會緊接在後面保護你，所以不用擔心，大浪打來也別慌，千萬要抱緊馬脖子別鬆手。」

被這麼慈祥地叮嚀，就算是笨蛋或許也恢復了一點人性，章魚說聲「對不起」，當下嚎啕大哭。

式部認為那句「諸事還要拜託你多多照顧」說的正是此刻。他讓自己的兒子勝太郎打頭陣，接著又特地替丹三郎選了一匹好馬過河，自己再殿後緊跟在旁越過漩渦激流，歷經艱難好不容易快到對岸，才剛剛鬆口氣，不料丹三郎就被一股小小的橫浪淹沒掉下馬鞍，只留下一聲細微的驚呼，隨即已被沖到遠方載浮載沉，來不及叫喊已不知去向。

式部呆然抵達對岸，一看之下小殿下安然無恙，自己的兒子勝太郎也平安上岸

---

4 跡見役，在狩獵時負責追蹤鳥獸的足跡，推斷去向。

隨侍在小殿下身旁。

武家的道義是這世間最可悲的東西。式部抱著覺悟對勝太郎招手，

「爹要拜託你一件事。」

「是。」兒子清澈的雙眼仰望父親的臉。他是全城最俊俏的孩子。

「你現在就跳進河裡自盡吧。丹三郎枉費我的多日辛苦，被橫浪淹沒掉下馬鞍遭到激流吞沒。那個丹三郎，本來是他父親丹後大人親口囑託我照顧的孩子，我對他有道義責任。如今丹三郎溺死，你卻得救，我在丹後大人的面前有失武士的顏面。你乖乖聽話，別耽擱時間，現在就跳進河裡自盡吧。」他板起臉說完後，勝太郎不愧是武士之子，應聲稱是，毫不猶豫就縱身躍入打過來的浪濤。

式部低頭流淚，他心想，「武家的道義真是最可悲的東西。離開家鄉時，明明有這麼多人同行，丹後偏偏選中我託付兒子，讓我無法撇下不管，明知此子頑劣還是留心照顧到今天，沒想到發生這種意外之災，令我無顏面對丹後大人。還得承受眼看著無辜的勝太郎毫不抵抗地被我害死的椎心之痛。不過話說回來，可恨這無情的世間，丹後大人至少還有另外二個兒子，傷心遲早會淡去，可我只有勝太郎一

子。他留在家鄉的母親還不知有多傷心，我年紀也大了，害死勝太郎的現在已了無生趣。」於是式部看破紅塵決心出家，表面上仍若無其事伺候小殿下，順利完成遊覽蝦夷的任務，之後他就向城主辭官，偕同老妻一起出家，隱居在播州清水的深山中。丹後聽說經過之後深感其志，當下也辭官求去，帶著妻兒一家四口也難以在這世間生存，索性全體出家替勝太郎誦經超渡。可嘆無論古今，再沒有比武家的道義更可悲也更美好的事物。

《武家義理物語》，卷一之五，〈死則同枕水浪〉

女賊

後柏原天皇大永年間，陸奧一帶有瀨越某某大盜，住在仙台的名取川上游的笹谷嶺附近，殺害來往旅人搶奪財物，而且此人是山賊之中罕見的吝嗇鬼，生活節儉從不浪費，雖才三十歲出頭，已成為坐擁金山的大富翁。此人蓄著漂亮的小鬍子，舉止穩重，也沒穿山賊必然會穿的熊皮，絲綢衣服外面罩著繡有徽紋的外褂，沒事還學了一點謠曲，因此遣詞用字也和東北方言不同，煞有介事地咬文嚼字。或許是因為討厭女人，迄今未婚，酒倒是會喝，對女色卻似乎完全不放在眼中，從未表現好色的樣子。偶爾手下從村落擄來女子，他就會蹙眉說，和這種卑賤女子嬉戲是男人之恥，立刻命手下把女人送回村子。聽到手下不客氣地批評老大樣樣都好可惜唯一的缺點就是討厭女人，他冷冷一笑，嘀咕著嘆息說那是因為仙台的美女太少，總之看起來是個一點也不像山賊，頗有高遠志趣的男人。

此人在某年春天，命令五個容貌還算過得去的手下脫下熊皮，也不准包頭巾，換上禮服與高級的仙台平寬褲後，他便帶著這五人去京都，自己像東部的鄉下土財主一樣出手大方，住在最高級的旅館，每天悠閒遊覽京都，往日小氣省錢似乎都是為了今天，毫不吝惜地揮金如土。最後看膩了不會說話的花草，開始流連島原花街，把京都最出風頭的名妓都叫來一字排開供他品頭論足，也難怪其中一個好色的手下激動呻吟口吐白沫向後一倒，急得鶯鶯燕燕們紛紛叫嚷您喝水、您吃藥、您趕緊脫下褲子云云，鬧得雞飛狗跳，的確是令人目不暇給的奇景，這個大金主卻猶自苦著臉唉聲嘆氣，嘀嘀咕咕抱怨京都的美女也不多。京都雖大，人們的流言蜚語卻傳得很快，這個山賊的奢華很快傳遍京都，被稱為鬍子富翁，路上遇到的人紛紛向此人行禮致意，他卻始終悶悶不樂，最後似乎連島原也玩膩了，每天無所事事帶著手下在京都逛大街。某日行經一座老舊大宅，從快要坍塌的土牆裂縫瞥見一名女子的倩影，當下不禁駐足，手裡的扇子啪的一聲掉落地上，他如小山震動般聳動肩膀劇烈嘆息，情不自禁冒出東北土腔呻吟「真他娘的太美了」，盯著那個在滿樹梨花下與看似弟弟的優雅男孩拍球玩耍的年輕姑娘，像傻子一樣張著嘴看得入神。

翌日，鬍子富翁立刻吩咐那五名手下，帶著大量金銀與綾羅綢緞之類的貴重禮物去那戶土牆人家，替他向這家的姑娘提親，展開非常唐突又強硬的談判。這家的老主人繼承了略有來歷的公卿血脈，以前本來家境相當闊綽，但他太注重名聲，又巴望著地位更上一層樓，因此四處鑽營，日夜宴請達官貴人，反而被人瞧不起，連財產也日漸縮水，最後一切都沒了。如今甚至無力支撐崩塌的土牆，且他有點中風的跡象，天天用顫抖的手在草紙正反兩面寫下「人世不過如幻夢」這種拙劣的和歌，藉此排遣煩憂，因此突然有人上門求親起初雖令他驚愕，但是望著眼前堆積如山的金銀財寶，不免又開始冒出虛榮心，心想如果有這麼多的錢，就可以再次宴請達官貴人，重回繁華的上流社會。至於鬍子富翁，如今他在京都好歹也是個名人，據說還是來自遙遠東部的某豪門少東，管他是鄉巴佬還是甚麼玩意，只要有錢就行，這樁婚事不壞。所謂人窮就貪，老主人也同樣犯了這毛病心動了，當天就對上門提親的使者非常殷勤，表明過兩天就給明確答覆，並且為了答謝今天這些禮物，明日將會去鬍子富翁的下榻處拜訪。手下們心想太好了，看這樣子婚事應該沒問題，回去的路上相視點頭，向主人報告經過後，山賊老大露出凌厲的冷笑說，沒想到這麼容易。

翌日，土牆家的老主人戴上禮帽，服裝非常正式地隆重造訪山賊在京都的旅館。這位老先生才是真正的咬文嚼字，文謅謅地為昨天的禮物道謝後，一眼看中山賊老大灑脫的舉止和氣派的小鬍子，本來應該只是來道謝，竟然忍不住主動說出

「小女不才，今後就交給您了」。山賊老大也不禁為京都人的輕薄而苦笑，但當天的宴席還是非常豪華，送的禮物比前一天更多，土牆家的老主人已經飄飄然如在雲端，連禮帽都忘了拿，回到家叫來女兒，非常粗暴直白地教訓女兒說，「女子三界無家[1]，這裡不是妳的家，妳弟弟會繼承這個家，所以這個家不需要妳，所謂女子三界無家就是這個意思。」最後把女兒都說哭了，老主人說，「妳哭甚麼，枉費我特意替妳找到一個好女婿，妳這樣哭哭啼啼是大不孝。」說著舉起哆嗦著略有中風跡象的手作勢要打女兒，「京都男人膚色白皙可惜太窮了，東邊的人雖然毛髮濃密且相貌愚蠢，但是對女人似乎還不錯，妳就嫁過去吧，隨便是去深山還是哪裡都立刻嫁過去，妳死去的母親想必也會很欣慰。妳不用擔心我，我今後還能再創一番新事業，明白了嗎？噢，妳同意了是吧？女子三界無家，不管在哪都是廢物……」講到最後甚至脫口說出不該說的話，也沒仔細打聽女婿的底細，只知對方如今是京都知名的鬍子富翁，就輕率認定這樁婚事絕不會錯，興高采烈地定下這門親事。十

1　女子三界無家，三界是佛語，指全世界。此句意思是女子幼時從父，出嫁從夫，夫死從子，世界雖大卻畢生沒有自己的安身之處。

七歲的女兒聽說要嫁到遙遠的東部而且是蝦夷地區，只能悲嘆自己命中注定得嫁去陸奧，生無可戀地不停哭泣，就這麼被送上轎子。只有父親一個人欣喜若狂，顫巍巍地騎馬送女兒到京都郊外，滿腦子幻想著自己今後功成名就的情景為之興奮，和女兒道別時說著「再見啊、再見啊」也心不在焉，回到家的第五天就心臟痲痺猝死，所以說人的下場還真是難說。

另一方面，十七歲的女兒不知父親可悲的猝死，坐在轎子裡一路向東，看著新郎的鬍子，益發陷入難以言喻的恐懼不停落淚，那些手下粗魯的東北腔調更是嚇哭了她。經過江戶終於快要到仙台，看到此刻雖是春天山中卻仍有積雪時，她又哭了，讓山賊們非常頭痛，終於抵達山賊大本營的山寨時，女孩已雙眼紅腫如猿猴，山賊手下們都覺得很掃興。但老大溫柔地親自照顧女孩，等到女孩的眼睛恢復正常時，在老大面前也已比較熟悉自在了，漸漸也學會了東北方言，聽到山賊手下們無知粗鄙的玩笑話還會忍不住微笑，最後甚至知道了丈夫做的邪惡勾當。雖然嚇了一跳，但女子三界無家，就算逃離此地也摸不清京都在哪個方向，如此一來她反而心一橫，豁出去認命了，被丈夫溫柔照顧，又有一群手下畢恭畢敬喊著大嫂，感覺倒也不壞，於是她不知不覺也學壞了。有的妻子對丈夫做的事情樣樣瞧不上眼，也有些妻子盲目認定丈夫的行為都是對的，把丈夫當成英雄崇拜，這二者都是惡妻，這個京都美女似乎屬於後者，對丈夫的惡行看久了漸漸竟覺得英勇可靠。丈夫搶劫歸來，她就急忙給丈夫洗腳，笑著詢問今天有甚麼收獲，攤開從旅人那裡搶來的窄袖和服若無其事說，「這個給我穿有點太花俏了，拜託你下次搶些比較樸素的。」而且還瞇起眼聽手下們炫耀殘忍的掠奪行為聽得很開心，之後索性自己也穿上草鞋跟丈夫一起去搶劫，坦然自若地幫著幹壞事，如今已淪為道地的可怕女山賊。她的臉蛋雖和從前一樣美麗，眼睛卻閃爍邪惡的光芒，蹲在水井邊熱心替丈夫磨開山刀時的樣子就像女鬼一樣可怕。後來這個女鬼懷孕了，生的是個女兒，取名為春枝，小春枝的膚色白淨有張櫻桃小嘴，是典型的京都美女。過了二年女鬼又生了一個女兒，取名為小夏，這孩子長得像父親，膚色微黑眼睛吊起看起來很笨拙。二個孩子當然不知道自家母親身上流著京都公卿王孫的血液，所謂教養重於出身，可見近墨者黑，她們傻呼呼以為自己出生的深山就是父祖代代生活的故鄉，頗有女鬼之子風範地在山坡跑來跑去粗魯地玩耍。她們玩的也不是甚麼辦家家酒，而是一人扮演旅人，另一人扮演山賊，一人說「喂，站住，要命還是要錢」，另一人就嚷著「救命！」滑下險峻的山崖逃跑，扮演山賊的就喊著「別跑！別跑！」追上去逮住對方大笑。母親看見這一幕不僅不難過，反而還拿長柄大刀給女兒，讓她們練習怎麼殺害旅人，這種不怕天譴的惡行自然不會有甚麼好下場。果不其然，就在春枝十八歲小夏十六歲的這年冬天，父親終於遭到天譴，被雪崩活埋壓得全身骨頭粉碎，死狀慘不忍睹。母女三人猶在悲嘆時，手下們已暴露惡棍本性，把老大這些年掙來的金銀財寶乃至家具糧食通通搶走，母女頓時在積雪深厚的山中走投無路。

「沒甚麼大不了的。」好強的小夏威風凜凜鼓勵母親和姊姊，「照以前那樣去搶過路旅客吧。」

「可是，」相較於妹妹，算是比較文靜的姊姊春枝很明智地說，「光靠我們幾個女人做不到。到時只怕反而是我們的衣服被搶走。」

「膽小鬼、膽小鬼。打扮成男人帶著刀不就沒事了。只要裝成男人的粗嗓子大吼一聲『站住』，不管是甚麼旅人肯定都會嚇得發抖。不過，我只怕武士。如果專門挑選老頭子老太婆或獨行的女子、諂媚的商人去嚇唬，一定會成功。這樣不是很好玩嗎？我要蒙著那塊熊皮去。」天真與惡魔只有一線之隔。

「但願順利就好，」姊姊落寞地微笑，對母親說：「既然如此，那就先試試看吧。我們兩個無所謂，可是母親若是受傷就麻煩了，所以母親就負責留守，安心等我們帶獵物回來吧。」即便是山中長大的女孩，似乎也憑著本能對母親略有孝心。從那天起，二個女孩就偽裝成山上的男人，活潑搞笑的妹妹還用鍋灰畫出和父親一樣的小鬍子，專找看似軟弱的村民或城裡人嚇唬。女人比較細心，旅人懷裡的金子自然不消說，就連飯糰、草紙、護身符、打火石、牙籤這類東西她們也會搜刮乾淨，回到家，比起錢包裡的金銀，錢包本身美麗的條紋花色更讓她們高興，逐漸對這種危險勾當越做越起勁，就好像已經打從心底變成可怕的山賊。冬天光是埋伏在偶有旅人行經的積雪山嶺還嫌收獲太少沒意思，於是她們大膽地逼近村落附近，弄到村中女子的廉價髮梳就很高興。姊姊春枝已經十八歲，而且和活潑的妹妹相比較為溫柔，有時也嫌棄自己粗魯的男人打扮很丟臉，偷偷在熊皮底下綁紅色細腰帶，總之年輕女孩已動了春心。某日，她們在村子附近嚇唬行旅的絲綢商人，得到二匹白絹，姊妹倆一人一匹抱在懷裡，沿著傍晚的雪路匆匆趕回家的途中，姊姊暗忖，正月新年就快到了，真想要一件漂亮的新衣，女孩子如果不偶爾盛裝打扮那活著還有甚麼意思。她很想把這匹白絹染成紫藤色，做成初春的衣裳，可惜沒有裡布，如果有分給妹妹的那匹白絹就能做夾衣，於是再也按捺不住，迫切想要之前分給妹妹的白絹，

「小夏，妳這匹白絹打算怎麼處置？」雖然她心裡忐忑緊張，表面上卻不動聲色問。

「還能怎麼處置，姊姊，我打算用這匹布做很多頭巾。白絹綁在頭上看起來很英勇，像個威風的老大。爹以前出去搶劫時也是綁上白絹頭巾才出門的。」妹妹不假思索回答。

「哎喲，那樣多沒意思啊。妳是乖孩子，把那匹布讓給姊姊好不好？下次再弄到甚麼好貨色時，姊姊一定全部給妳。」

「我不要。」妹妹用力搖頭。「不給、不給。我老早就想要雪白的頭巾了。嚇唬旅人時，如果頭上沒綁白布條就沒那個氣勢，會很沒面子。」

「妳別說這種傻話了，聽話，算姊姊求妳。」

「不要！姊姊妳好煩。」

氣氛變得異常尷尬。但姊姊被這樣嚴詞峻拒後，反而渾身火燒似的更想要白絹，雖說她比妹妹溫柔一些，但平時乖巧溫順的孩子一旦鑽起牛角尖反而會犯下更殘酷的可怕罪行。尤其是像她這樣繼承了山賊父親凶惡的血統，如今好好的姑娘家卻模仿父親日復一日嚇唬旅人打家劫舍。她的心頭亂糟糟很不爽，頓時化為惡鬼羅剎，表面上卻還溫婉地笑著說，

「對不起喔，那我不要了。」說著四下張望，心想：乾脆殺了妹妹奪走白絹吧。反正腰上這把刀不知已傷過多少旅人，現在就算多殺妹妹一人，罪孽也是一樣。無論如何我都要做一件新衣，不只是這次，還有腰帶、髮梳也是，每次辛苦得來的戰利品卻得分一半給這種男人婆妹妹簡直莫名其妙，太浪費了，不如一刀殺了這個可恨的絆腳石，奪走白絹，回家只要告訴母親今天遇上難纏的旅人，妹妹不幸遇害就沒事了，沒錯，趕緊趁妹妹未提防時動手吧——就在她的手放到刀柄上的瞬間，

「姊姊！我怕！」妹妹忽然撲到姊姊懷裡，

「怎、怎麼了？」姊姊心虛地慌張問道，妹妹指向暮色昏黃的谷底。定睛一看，谷底是村民的墓地，此刻也在火葬村中死者，焚燒人體的濃煙黑得異樣，如果豎起耳朵，還能聽見火星噴濺嗶嗶剝剝噁心的聲音，一陣風吹來不尋常的氣味，就算是女賊也嚇得全身起雞皮疙瘩。二人緊抱彼此，姊姊不禁念佛，人活到最後都會這樣被燒掉，甚麼新衣裳不過皆是泡影，她忽然領悟了人世無常，對自己的可怕念頭這才恐懼得渾身顫抖，為了這區區一匹白絹居然打起可怕的主意！她甚麼都不要了，揚手就把手裡的白絹朝谷底黑煙扔過去，妹妹也立刻扔出白絹，放聲大哭，

「姊姊，對不起，我是壞孩子。我剛才還想殺了姊姊呢。姊姊！我也已經十六歲了。我想要漂亮的衣服。可是我生得這麼醜，我怕我如果打扮起來會被笑話，所以才故意整天說得自己好像男孩子。對不起，姊姊，正月新年我想要一件新衣，我想把我的白絹染上紅梅，用姊姊那匹布當作裡布，姊姊，我是個壞孩子，我本來打算拿刀殺了姊姊後，再告訴母親妳被旅人殺死了。剛才看到火葬的濃煙，我忽然對一切都厭倦了，我不想活了。」妹妹脫口說出意外之言，姊姊大吃一驚，

「妳胡說甚麼？真要說原不原諒的話，也應該是我說才對。我才是想殺死妳奪

走白絹，只是看到那濃煙很難過，所以才把我的白絹扔進谷底。」說著，又緊抱著妹妹哭了出來。

姊妹倆既驚愕又羞愧，思及自己生於短暫浮世又是女兒身竟造下如此罪孽，死後恐怕也要下地獄，不如今日就此看破紅塵！二人遂將腰間的刀和熊皮都扔向谷底的火焰，一路哭回山寨，將事情經過逐一告訴留守的母親，並且規勸母親也應有所覺悟。母親終於從二十年來的惡夢清醒，這才把她非凡的血統坦白告訴二個女兒，感嘆自己如今的墮落，當下剪斷黑髮，二個女兒也立刻削髮為尼。三個比丘尼一把火燒掉汙濁的山寨，去笹谷嶺山腳的寺院向老和尚懺悔，拽著他的衣襬不停念佛，為過去殺害的旅人念經超渡，似乎真的洗心革面了，卻不知父女二代累積的罪惡是否真能得到如來佛祖的原諒。

《新可笑記》，卷五之四，〈強盜姊妹花〉

紅色大鼓

從前在京都的西陣，住了很多紡織工匠，家家戶戶各自競相展現紡織技藝努力維持家業，唯獨德兵衛這個人，名字聽起來倒像是福德之人，卻不知怎地一毛錢也留不住，總是膽戰心驚過著有一天算一天的拮据生活，晚餐喝口小酒也不敢超過二杯。和妻子結縭十九年，從來不曾出去喝過花酒，說到消遣，頂多只有偶爾與助手下將棋，而且還捨不得耗費太多時間玩樂，總是用眼花撩亂的速度迅速下完一盤棋就打住。他從未耽誤約定的交貨期限，萬事都小心翼翼兢兢業業，妻子和兒女倒是很健康，他自己除了二十歲時有過一顆蛀牙鬧了三天牙疼之外也沒生過病，平時也不會小氣得不懂人際交往的分寸，同行都說他是個規矩人，而且信仰虔誠，沒做過任何壞事，可他活了四十年，不知為何一直很窮，世上有所謂的「天生窮酸」一說，可見這種怪事還是有的，不過話說回來，像德兵衛這樣的善人卻始終不得福神眷顧，可見世事無常也很難說。當地的工頭大老們晚上和妻子枕邊細語時，甚至總是以德兵衛為例，暗自慶幸自家能夠悶聲發大財。後來德兵衛越來越窮，到了這年年底除了趁夜逃跑已別無他法，他偷偷去賣家具時，被工頭等人眼尖地發現，基於長年的交情不能置之不理，於是不動聲色問德兵衛，德兵衛哭著說連區區七、八十

兩的債務都還不出來只好準備趁夜跑路，工頭一聽就笑了，

「搞甚麼，只不過七、八十兩的債務，怎能因此結束這從上一代傳下來的老店。今年年底萬事由我們解決，你就再努力試一次。明年好好掙點錢給我們看。新年總得給孩子一個大紅包，也該給你的助手做件素面淺藍色的嶄新工作服，現在張羅還來得及，錢的事情你不用擔心，交給我們，你就放心大膽地熱熱鬧鬧過年吧。嫂子也別那樣哭哭啼啼，好好的秀髮不打扮一下多可惜，梳個漂亮的髮型，別讓人看出落魄的樣子，這是做妻子的職責。新年的鹽漬鮭魚我家買了三條，我待會就讓人送一條過來。俗話說『打開笑門福自來』。你家這麼陰沉可不行啊。快，把遮雨板都打開，今年家中的灰塵全都掃出去，安心等待福神降臨就行了。萬事都由我們負責解決。」

工頭滿嘴都是鼓勵的好話，之後與鄰近的工匠們商量後，就在大家都很忙碌的十二月二十六日晚間，十名同行各自攜帶十兩金子與酒菜，來到德兵衛家，讓他取出一升裝木盒，眾人依序在盒中放入十兩，總計一百兩。其中一個工頭像福神一樣大笑著遮上盒子說，「德兵衛，這裡有一百兩，你就用這些錢當作本錢賺個一千兩

給我們瞧瞧。」另一個工頭一本正經將盒子放到神壇上，啪啪拍手行禮，向惠比壽與大黑天[1]祈求說，「這一百兩放在這裡，請保佑錢滾錢利生利，明年年底變成百倍千倍又回到這個家，否則就把惠比壽與大黑天當成盜領這筆錢的犯人，綁上繩子丟進河裡。」說完又哈哈大笑，工匠之間的情義自是與眾不同。之後眾人用帶來的酒菜開始尾牙宴，德兵衛很高興，無意義地在屋內走來走去不慎踢飛餐盒，當下更加惶恐，四處拼命鞠躬致謝，有生以來第一次被灌了超過二杯的酒，喝醉了就開始哭。其他工匠也因救人一命興奮得渾身發麻，就連平日滴酒不沾的人都暴露大口牛飲的酒鬼傾向，甚至有人脫口說出「這酒本來就是我帶來的，不喝就虧大了」這種小家子氣的掃興話。有的男人灑脫地不予理會，前後左右搖晃身體唱起小曲。蓄鬍的男人低聲憂慮國家天下的未來。角落的矮小男人大聲誇耀自己紡織的技術，把其他人貶得一文不值。還有人包著頭巾跳著自稱塗壁舞的平庸舞蹈，明明沒人看，卻緊張得抿緊嘴巴沒完沒了跳個不停。還有人之前就倚靠紙門，臉色蒼白，兩眼充血，默默瞪視在座眾人，讓坐在他附近的男人都覺得很恐怖，最後他猛然起立，眾人以為他是要制止大家吵鬧，沒想到他呻吟著衝出走廊對著院子就吐了。酒席不分古今都一樣，眾人喝到最後已分不清東南西北只是哇哇亂叫，醉得像軟骨動物般互相背負或抱著，外套也掉了，扇子也忘了，草鞋也穿錯了，喃喃囈語著「哎，可喜可賀」就此各自返家。之後剩下德兵衛一人，如同野狼趴伏在狂風掃過的荒野般呼呼大睡，妻子呆坐在房間中央，決定明日再收拾善後，仰望神壇，喜悅湧上心頭，不過有了錢可得小心門戶，於是她起身把家中的門關緊還特地鎖上，讓僕人們先去睡，之後靜靜搖醒丈夫德兵衛說，「現在不是呼呼大睡的時候，不能辜負鄰居們的好意，今晚就大略算一下今年該付的款項吧。」妻子說著把帳本和算盤推過來，丈夫勉強睜開眼，爛醉如泥的夢中也被討債鬼折磨，此刻驀然清醒，想起自家有了一百兩，頓時勇氣增加千百倍，立刻爬起說來，

「好，算盤給我。可惡，那個米店的八右衛門，上一代還是我家的旁支，竟然忘了人情道義與恩情，三天兩頭上門來催債。可惡，我早就想給他一點顏色，老渾蛋，下次他再來，我就把金子摔到他那皺巴巴的老臉上，從明年起，就算他再怎麼

1 惠比壽與大黑天，二者皆為財神，民間通常將二者並排放在神壇上供奉。

拍馬屁，我也絕對充耳不聞，改用現金去他隔壁的與七家買米，買完回來還要在那傢伙門前撒泡尿。總之，把神壇上的盒子拿下來給我瞧瞧，好久沒欣賞過黃金的色澤了。」他盤腿而坐，神氣地說，妻子也興沖沖起身從神壇取下盒子一看，盒中竟空空如也，一枚金幣也沒有。夫婦倆大驚失色，把盒子倒過來拍打，趴在地上四處尋找，又把神壇整個取下，大不敬地把神像翻過來上上下下檢查，即便急紅了眼尋找還是沒找到任何金子。

「看來肯定是沒有了。」丈夫斷定，「算了，別找了。一整盒金子總不可能是被老鼠偷偷拖走。是福神拋棄了我們。看來我們家果真沒福氣。」雖說如此還是不甘心，心頭鬱積悶氣，「真是天大的笑話。八右衛門那筆債要怎麼辦。正因為光歡喜了一場，如今更加痛苦。」說完抱著肚子流淚。

妻子也慌了神，語帶哭腔，

「天啊，該怎麼辦，太過分了，居然有人這樣惡作劇。假意說要給我們錢讓我們白高興一場，然後又立刻拿走錢，太過分了。」

「妳這是甚麼話。難道妳認為是其中的某人偷走的？」

「對，雖然不應該懷疑別人，但金子總不可能自己突然融解消失，今晚這房間除了那十位客人，沒有別人出入，而且他們一走我就立刻把大門鎖起來了——」

「不不不，妳不該有那種可怕的念頭。金子肯定是被神藏起來了，因為我們信仰不夠虔誠。怎麼能懷疑鄰居們的好意，太不像話了。光是能看到一眼百兩金子，就該感激不盡了。更何況我有生以來第一次喝到那麼多酒。反正我們本來就沒錢，妳就看開點吧。」德兵衛雖然嘴上說得很明理，但是想到從明天起的生活，就覺得彷彿一頭墜入地獄，「唉，不過話說回來，一夜之間又笑又哭，這遭遇也太荒謬了。」他吸著鼻子啜泣。

妻子忍不住哭倒在地，

「我們被玩弄了。他們假裝要給一百兩，之後卻偷偷把錢拿回去，這時候肯定正吐舌扮鬼臉偷笑。對，一定是十人串通好了，先給我們看一百兩，然後看著我們哭著感恩戴德的樣子讓他們飲酒取樂。要別人也該有個限度。你難道都不會不甘心嗎？我已經丟臉死了，再也活不下去了。」

「不准說恩人的壞話。我也一樣不想活了。但若是懷恨而死，就算死了也會下地獄。別人好意給的一百兩因我們自身的疏忽遺失，若是為此愧疚而死，我倒還比較能夠接受。」

「道理上是怎樣都不重要。就算下地獄我也不在乎。我寧願懷恨而死。受到這麼惡毒的侮辱，變成世間笑柄，反正我也沒臉再苟活於世。」

「好了，別說了。死就是了。好歹也是一晚的恩人，總不能去控告他們，不，就連懷疑他們都不應該，可是如今這樣也活不下去，老婆，甚麼都別說了，妳就跟我一起死吧。這輩子讓妳吃了不少苦，幸好據說夫妻有再世情緣。」

這年頭一步之外就是黑暗，歡喜的夜宴之後，德兵衛夫妻隨即開始商議自殺，他們決定帶著二個孩子一起死。妻子穿上窮困歲月中始終珍藏在櫃子底層的白色窄袖和服，對鏡梳理打從年輕時就受人稱讚的黑髮，感嘆十九年的夫妻情不過是這黎明時分的幻夢，重新打起精神後靜靜把二個孩子叫起來，老大是女兒，睡眼惺忪說：「媽媽，已經是新年元旦了嗎？」老二是兒子，當下就問：「今天會給我買陀螺嗎？」夫妻倆淚眼模糊已說不出話，讓孩子在佛壇前坐好，哆哆嗦嗦點亮佛壇的燈火，一家四口合掌膜拜祖先，就在他們準備動手自殺之際，保母倉皇跑進來，把二個孩子一左一右摟進懷中臉貼著臉摩娑，說道，「太過分了、太過分了，老爺你們這是要做甚麼！我從剛才就把你們說的話全都聽見了，要死你們自己去死就好，這麼可愛的小少爺小小姐有甚麼罪，你們當父母的太狠心了，太殘忍了，小少爺小小姐我來養，要死你們自己去死就好。」說完毫不顧忌地放聲大哭，鄰居也被這哭鬧聲吵醒，夫妻倆的自殺不了了之。工頭聽說之後大吃一驚，獨自思忖：這可是大事，正如德兵衛夫妻所言，當晚除了我們十人之外沒有旁人出入，也沒聽說過金子會被風吹走，我們當然不可能陰險地事先串通，故意玩弄那對夫妻，十人都是出於情義相挺才在忙碌的年底特地抽出一晚，慷慨答應各出十兩，如今不可能懷疑任何人，如果隨便講錯話會引起本地大騷動，說不定還會有人切腹自殺來證明清白。不過一百兩可不是小數目，那對夫妻也真是可憐，總不能這樣放任不管，總之這件事已不是我們能夠處理的。他想通之後，偷偷報告官府，請求官府來裁決。

負責裁決這起不可思議事件的，是當時知名的判官板倉大人，他說再過幾天就是新年了，大家想必都要忙著過年，因此本案定於正月二十五日再開庭審理，在這段期間，那十人不得去其他地方。到了初春二十五日，衙門下達指令，命那十人各自帶著妻子去報到，如果沒有妻子，就帶姊妹或姪女、嬸娘，總之必須帶一個關係最近的女性親屬一同去衙門。「沒想到好心助人卻惹上這種麻煩，難怪老爹遺言說不准和窮人來往，原來就是指這種時候，平白捐出十兩鉅款，還要被衙門叫去，真是太倒楣了，看來重情重義只會吃虧啊。」也有人露骨地說出這種卑鄙的怨言。總之十人各自帶著妻子戰戰兢兢來到法庭後，板倉大人笑著命十人抽籤，按一、二、三……決定順位後，把十組名單依序寫在大張白紙上，張貼在衙門前，然後神色一正，威嚴地鄭重宣告，

「這起遺失百兩金子事件，不管怎麼說，都是你們的過失，人在現場竟未察覺鉅款遺失，照我想來，八成是因當時喝了太多酒已經爛醉如泥。今後你們飲酒應引以為戒，同時，如果真要助人，應該不動聲色地暗中爽快行事，何必囉嗦地把受助者放在眼前，還喝甚麼酒來欣賞自己的慈善成果，這樣未免太沒品。早點讓他們夫妻關起門來盤算各項開支才是真正的情義。半吊子的情義反而引人犯罪。今後你們應當牢記此點。作為懲罰，從今天起，你們就按照貼在門口的那張表上的順序，一天一組，用棍子挑起這個大鼓，夫妻倆一起扛著，出了衙門往西走二百米，穿過杉

樹林，繼續走三百米田間小徑，再走一百米上坡去八幡宮參拜，取得八幡宮的神符後，再沿著同樣的路線立刻回來，切不可違背。」

眾人聽了，都對這個前所未聞的怪異懲罰納悶不解，但既然是官老爺的命令自然無法違抗，雖覺荒唐還是打從那天起，輪流和妻子合力挑著大鼓去八幡宮參拜。耳尖的京都人很快就紛紛聽說這個奇妙的判決，有人一臉見多識廣的樣子說，「板倉大人也老糊塗了嗎？不去調查遺失的金子下落，只是胡亂責怪十人，命他們扛著大鼓去拜拜，這簡直是胡鬧，看來智慧過人的板倉大人也對這次的奇妙竊案束手無策，才會自暴自棄提出這種前所未聞的扛大鼓處罰，肯定是打算敷衍了事。」也有一本正經鬼扯淡的耆老說，「不、不，不是那樣，無論何事都得敬神拜佛，大人是要提醒我們勿忘此事，從前中國也有夫妻扛鼓去宮廟參拜祈求父母早日康復的美談。」有人聽了質問老人那是哪本書上寫的，老人泰然自若地繼續扯謊：「那個我已經忘了，但總之就是有。」還生氣地怒視眾人說，「老人講話你們默默聽從就對了！」總之此事傳遍整個京都，大家紛紛湧到衙門前看熱鬧，當夫妻扛著大鼓安靜從大門出來，眾人就發出歡呼，甚至有人高喊萬歲，也有風流人士起鬨揶揄夫妻

「哎喲小倆口好恩愛」，這些人都被衙役趕走，嚴厲聲明這次的懲罰不容旁人看熱鬧，眾人這才依依不捨一再回頭張望地離開。至於身為當事人的夫妻已顧不得看熱鬧的人，只是滿心不平，不解自己到底做錯了甚麼非得這樣扛著大鼓傻呼呼步行，越想就越生氣。尤其是女人，打從一開始就不覺得德兵衛有甚麼好同情的，在一文錢都想省的除夕夜，丈夫居然擅自拿走十兩鉅款，喝得分不清東西南北才回家，對自己而言半點好處都沒有，現在還得和丈夫一起被叫來法庭，扛著甚麼大鼓在眾人面前出洋相，簡直倒楣透頂。還有這甚麼見鬼的大鼓，塗成讓人尷尬的大紅色，上面描金彩繪仙女跳舞圖，在陽光下燦然生輝，叫人害臊得忍不住想扭開臉。而且足足有四斗容量的大酒缸那麼大，就算二人合力用棍子挑著也相當沉重。妻子起初還忍耐著肅穆扛鼓，等到了鎮外，要走進杉樹林時，眼見四下無人，就開始發牢騷了。

「哎喲，重死了。你說呢？你不覺得很重嗎？還跟傻瓜似的走得那麼開心。這又不是廟會慶典。我們也不是小孩子了，叫我們扛著這麼鮮紅的大鼓去宮廟參拜，板倉大人也真是壞心眼。反正我以後死都不會幫助人了。你們其實只是打著助人的名義，想藉機喝酒胡鬧吧？真可笑，害我也得跟著扛這種紅色大鼓，在外面丟人現眼——」

「算了，妳別這麼說。事情要往好處想。怎麼樣，看到剛才衙門前的人潮沒有？我活到今天，從來沒有那麼多人為我歡呼過。我們很受歡迎呢。」

「你說甚麼傻話，難怪你今天一早就坐立不安，左挑右選連換了三次衣服，之後甚至還化了淡妝。我沒說錯吧？你老實招認。」

「妳胡說甚麼啊。胡說八道。」丈夫很狼狽，「不過今天天氣可真好。」他連忙轉移話題。

翌日這一組，就是當初率先發起捐款的工頭和他十八歲的女兒。

「爹，」十八歲的女兒如今代替死去的母親打理家事，照料父親的生活，因此說話也特別有底氣。「過世的娘，如果看到我們這麼出風頭，八成會在地下掉眼淚吧。好吧，就算爹是自作自受沒話說，可是連我都得扛著這紅色大鼓像街頭鑼鼓隊一樣丟臉，娘一定會恨爹，化成鬼來找您算帳。」

「妳別嚇唬我。又不是我自己喜歡扛這個，況且，讓已是大姑娘的妳跟著扛這種猜謎遊戲似的玩意，我心裡也很不好受。」

「您說的倒是好聽。甚麼心裡不好受，這種窩心話是打哪學來的？真奇怪。不過這個大鼓倒是跟爹很相配。您喜歡花俏，大紅色很適合您喔。改天我就做一件大紅色的外褂給您穿。」

「別調侃妳老爹了。我又不是不倒翁，大紅色的短褂就連廟會都穿不出去。」

「可是您一年到頭都像廟會一樣瞎忙，還有人背後說像您這樣就是喜歡湊熱鬧瞎起鬨呢。」

「誰說的，真過分，這種話是誰說的，我一定要找他算帳。」

「是我啦，是我說的。誰叫您動不動就和鄰居聚在一起想搞廟會那一套。活該。這下子遭到報應了吧。奉行大人果然了不起。看穿您喜歡亂湊熱鬧，為了教訓您，讓您扛這麼鮮紅的廟會大鼓，肯定是想讓您藉此好好反省。」

「臭丫頭！如果不是現在扛著鼓，我就好好揍妳一頓。唉，德兵衛最可憐，我一心想表現與生俱來的大哥風範照顧小老弟，卻害得他空歡喜一場。」

「與生俱來？大哥風範？我看您腦子不正常喔，爹。自己這樣誇自己，證明您已老糊塗了。拜託您清醒一點。」

「臭丫頭，妳給老子閉嘴。」

再隔天輪到一對夫妻，

「不過你也真是個怪人。平時那麼小氣，香菸都只抽客人帶來的，這次居然異常爽快地掏出十兩這麼大一筆錢。」

「男人的世界又是另一回事。見義不為非勇也。平時的節儉，就是為了這種時候的行善——」

「少唬弄我了。我清楚得很。你之前就一直誇獎那個德兵衛的老婆。你該不會看上人家了吧？一大把年紀了，還生得一張就像惡鬼打噴嚏把自己嚇一跳的嘴臉，還去暗戀人家簡直太誇張了吧？不用解釋，我都知道，我說你啊，也不想想看自己幾歲了，孫子都有三個了，還對鄰居太太想入非非，你這樣還算是人嗎？你懂得做人的道理嗎？不用解釋，我都知道，現在還被你害得扛這麼重的大鼓，哎喲喂，我的神經痛又發作了。從明天起，由你負責煮飯。你還得幫我劈柴，味噌醬床也得替我攪拌均勻，水井很遠所以正好，你每天早上得提五桶水倒進廚房的水缸，哎喲好痛好痛，有你這種笨蛋丈夫，害我壽命都短了十年。」妻子尖聲叫罵。

隔天這一組也一樣，都是女方滿腹牢騷，男的同樣都被罵得狗血淋頭，有人認命地緊閉雙眼說唯女子與小人難養也，也有人一回到家就痛毆妻子大打出手鬧著要休妻。最倒楣的是在下大雪那天輪到扛鼓的那一組，妻子的怨嘆和詛咒格外激烈，結果夫妻倆都感冒了，回到家就雙雙病倒在床不停咳嗽，同時還不忘繼續激動對罵，結果這個扛大鼓處罰好像也只是暴露了女人的嘴巴有多壞而已。等到十組都懲罰完畢，全體又被再次叫去，當他們很不高興地氣呼呼來到法庭，板倉大人笑嘻嘻說，

「哎，這次辛苦各位了。這是扛大鼓的工錢，錢雖不多，算是聊表心意。或許有點冒昧，但我希望你們笑納。據說也有夫婦罹患感冒躺了兩、三天，想必已經完全康復了，不過我還是另外包了一個紅包聊表慰問。希望你們心無芥蒂地收下。這次各位不忍見朋友窮困，每人各出十兩合力幫他是近來少見的義舉，希望你們永遠別忘了這種義氣。不過，扛著那麼沉重的大鼓，而且男方好像都被女方罵得很慘，我非常同情。總之，過去的就讓它都過去，今後夫妻同心好好打拼家業吧。說到這

裡，諸位當中唯有一組，扛著大鼓走到杉樹林時，妻子像被惡鬼附身般開始瘋狂撒潑，把丈夫過去幹的壞事一五一十全抖出來破口大罵，不管丈夫怎麼安撫她都不肯安靜，最後甚至大聲叫嚷，丈夫實在沒辦法，等到穿過樹林走到田地時，就用四周聽不見的音量說出不可思議的話：『別吵，別氣憤，扛大鼓也只是暫時忍耐，一百兩金子已是我們的，不信妳回家打開櫃子抽屜看看。』說這句話的人應該自己心裡有數。不，我並沒有任何神通法力。那個紅色大鼓很重吧？因為裡面躲了一個小和尚。詳情都是那個小和尚告訴我的。現在當場指出是誰講那些話很容易，但此人起初想必也是真心基於朋友義氣參與這次善舉，只是喝醉酒一時糊塗，臨時起意伸手拿了不該拿的東西。因此姑且饒此人一命。此人如果感念官府慈悲，今晚就趁人不注意把那一百兩金子丟回德兵衛的家門前吧。之後該怎麼做全憑此人一念，如果尚知羞恥就離開此地。至於官府，不會再過問此事。全體起立。退堂。」

《本朝櫻陰比事》，卷一之四，〈被蒙在鼓裡的因果〉

風雅人士

「凡事都必須忍耐。千萬要牢記這點。或許有點痛苦但妳要忍耐。黑夜之後必有黎明。冬天之後便是春天。這是恆定不變的常理。世間有陰陽、陰陽、陰陽交替循環不已。禍福相倚。緊挨著大不幸的是否極泰來的大吉大利。千萬別忘記這個道理。明年肯定是大吉大利。屆時妳也可以每逢戲院換新戲碼就坐轎子去看戲了。這點小小的奢侈我可以同意。到時候妳儘管去吧。」一如是云云，丈夫隨意吃了點早飯立刻起身，一本正經地說著廢話，同時匆匆穿上外套，插上佩刀，今天是除夕，家中卻負債累累，所以必須盡快出門躲債。這種日子哪怕是一文錢對家裡都很重要，他卻從化妝盒底翻出兩、三枚金幣，三十粒碎銀，裝入錢包塞進懷中，「我還留了一點錢。妳從這裡面扣除自己新年的零花錢，剩下的給每個討債的各還一些，沒錢了就睡覺。臉朝那邊睡就看不見討債人的臉，會比較輕鬆喔。凡事都必須忍耐。忍過今天一天就好。妳就面朝那邊躺著裝死也行。別忘了世間自有陰陽循環否極泰來。」撂下這番話，他就小跑步離家了。

一走出家門，他忽然板著臉扯平衣服皺摺，挺起胸膛慢條斯理邁步，就像大財主在視察草根賤民的經濟狀況、社會變遷似的一派從容。但他內心其實在胡亂念誦天神啊觀音菩薩、南無八幡大菩薩、不動明王摩利支天、弁才天女神、大黑神乃至左右金剛力士等各種神佛之名，祈求眾神保佑他躲過今天一天的難關救他一命。他的兩眼發黑，渾身起雞皮疙瘩，背後冒冷汗，只覺世界雖大卻無安身之處。像他這種如在地獄的躲債者能去的地方只有一個，那就是花街，但此人在各家茶室也欠了錢。經過欠債的茶室門前時，他就側身像螃蟹一樣橫著走，隨即迅速鑽進某間從未去過的破舊茶室後門，

「媽媽桑在嗎？」他大搖大擺說。此人的外型本就不差。長相越體面的男人往往在外欠債越多。

他悠然進了廚房，

「噢，你們這裡似乎還沒付清除夕的債務啊，怎麼這麼多張借條啊。光是這裡散落的借據，加起來起碼就有三、四十兩吧。家家都有難念的經，有的人家到了除夕連三、四十兩都付不出來，也有像我家這樣，光是服飾店的賬單就有一百兩，雖然不至於心疼那點錢，但妻子這樣亂買衣服，當著大批僕人面前，可不是甚麼好榜樣，如果她不節制點我也很為難。就在我考慮是否該把她送回娘家給她一點教訓

時，不巧她就懷孕了，而且偏偏在今天除夕這麼忙碌的日子要生產，一大清早家裡從上到下一團亂。孩子沒出生前就已找好了奶媽，接生婆也請來了三、四個，真是荒唐。基本上娶個富家千金就是我最大的錯誤。她娘家今天早上來了一大堆人探視，一下子請神一下子祈禱，我這邊都已請了三、四個接生婆，他們還不滿意，又把醫生帶來守在隔壁房間，讓他開了甚麼催產藥用鍋子咕嚕咕嚕熬煮。又派人四面八方採購寶螺、海馬、松茸的蒂頭這些莫名其妙的東西，據說是可以保佑產婦順產。有錢人的大陣仗真是讓人受不了。他們說這種時候做丈夫的待在家裡也沒用，所以我就趁機趕緊逃來這裡了。這樣簡直像是被討債的追著逃難。今天是除夕，想必也有那種躲債的男人吧。真可憐。不知那種人到底是甚麼心情。就算喝酒也醉不了吧。唉，真是甚麼樣的人都有，哈哈哈哈哈。」他發出無力的笑聲。「對了，在小孩出生前，能否讓我待在這裡玩一天？這麼說或許殺風景，但除夕這天我當然會付現金。偶爾在這種小茶室偷偷玩玩也不錯。咦，妳買了鯛魚做年菜啊。好小。就算房子小也不必連魚都不敢買大的吧。這畢竟是討吉利的好彩頭。何不去買條大一點的？」他隨口說著，把一枚金幣扔到阿婆膝上。

阿婆打從剛才就笑咪咪地陪這個男人說話，但她心裡在想：這分明是個蠢蛋，虧他好意思撒那種瞞天大謊，如果把客人說的話都當真，我們還怎麼做生意。喝醉的老爺故意從後門走進來，戲弄我們為樂的事情也不是沒有，問題是眼神不一樣。剛才這人從後門口窺視的眼神，分明是罪犯的眼神。一定是來躲債的。每年到了除夕這一天，總會有兩、三個這樣的客人。世上類似的人多得很。此人一襲金綠色外套搭配白柄佩刀，不知情的人看了或許會以為他大有來頭，但在我老婆子看來全是無用的小把戲。八成是貪圖人家微薄的財產就娶了大自己十五歲的妻子，把人家那點嫁妝立刻揮霍一空，讓肥胖的白髮妻子歪身側坐鼻頭冒汗地陪著晚酌也很恐怖，也不好好工作，把家財都拿去典當，不孝地讓母親舂糙米，命令弟弟四處叫賣煮豆，賣剩下已經發酸的煮豆就當作一家的配菜，即便如此夫妻倆還惡狠狠瞪視老太太，嫌老太太吃太多。不過，他說的生產騷動倒是別出心裁的藉口。一次找四個接生婆？還讓大夫在隔壁房間熬催產藥？虧他掰得出這種故事。我還想成為那種有錢人咧。大笨蛋！不過此人身上好像多少有點錢，既然他肯付現金，那我們是開門做生意的，就讓他在這慢慢玩好了。總之這枚金幣就先收下吧，至少應該不是假錢。

於是阿婆說，「哎喲，真是太好了。」阿婆極盡所能地獻殷勤，恭恭敬敬收下金幣，「那我就把這枚金幣瞞著我那口子藏起來，不買鯛魚，替自己買條新腰帶吧。呵呵呵！今年年底，本來已有當窮鬼的心理準備，沒想到有您這樣的財神爺上門來，這下子明年肯定有好運。我要謝謝您哪，老爺。來來來，請進。真是的，怎麼能讓您坐在這麼髒的廚房。您可真愛開玩笑。讓我惶恐得都冒冷汗了。無論任何事都要看人的個性呢。像您這種富家老爺，好像就是喜歡走後門，真是傷腦筋。大概覺得窮人的廚房特別稀奇吧。好了，風趣灑脫也該有個限度。快請進裡屋。」世上最可怕的就是茶室媽媽桑的拍馬逢迎。

男人故意靦腆地抓抓頭，說著「哎呀真是說不過妳」軟綿綿地坐到上座，「不過我對吃的可是很講究的，拜託妳可要精心準備。」男人信口吹噓。阿婆心裡益發目瞪口呆，就憑你這嘴臉像是懂吃的嗎？欠了一屁股債整天唉聲嘆氣，一臉窩囊看起來連吹灶生火的力氣都沒有，還好意思說你講究吃的，簡直笑死人了。恐怕半碗稀粥都吞不下去。弄甚麼酒菜根本是浪費。於是阿婆找出二顆雞蛋扔進銅壺，弄出最省事的料理水煮蛋，再附上鹽巴，和酒一起送上，男人驚訝地問，

「這是雞蛋嗎？」

「是，不知合不合您的口味？」阿婆泰然自若。

男人終究沒碰雞蛋，抱著雙臂板起臉，

「這一帶是雞蛋的產地嗎？如果有甚麼來歷，我倒想聽聽。」

阿婆忍住爆笑的衝動，

「哪裡，雞蛋可沒甚麼來歷。純粹只是我覺得夫人生產可以討個好彩頭。況且，吃膩山珍海味的老爺，經常在喝醉之後吃水煮蛋，所以就……呵呵。」

「這下子我明白了。很好。雞蛋的外型怎麼看都好看。乾脆替這玩意加上眼鼻吧。」他說出非常不好笑的笑話。

阿婆猜到他的意思，叫來一個乏人問津的藝妓小聲吩咐：那個客人雖是品行不良的大笨蛋，但身上好像還有點錢，所以除夕好歹應該可以撈到一點，妳就好好多拍他馬屁。說完把相貌醜陋的藝妓推進客人的包廂。男人還不知情，興奮地說，

「喲，雞蛋有眼睛鼻子了。」他剝開水煮蛋吃，嘴角沾了蛋黃，想到今天或許會有豔遇，家中的困境也暫時拋到腦後，喝了一瓶又一瓶的酒，漸漸覺得好像在哪

兒見過這個藝妓。此人雖笨，對女人的記性卻特別好。女人一邊暗自盤算著除夕要付的各種帳單，表面上春風滿面，一逕笑吟吟地勸客人喝酒，

「哎喲，討厭，又要老了一歲。記得今年正月時客人還笑話我是十九歲的春天，拍羽毛球也特別開心，我心想或許有甚麼喜事，結果糊裡糊塗的過日子，您瞧瞧，過了今晚我就二十了。二十歲了呢，真討厭。只有十幾歲過得開心。這麼華麗的寬袖和服，明年再穿也會顯得奇怪了。唉，真討厭。」藝妓拍著腰帶忸怩抱怨。

「我想起來了。妳那拍腰帶的動作讓我想起來了。」男人發揮超強的記憶力。「正好距今二十年前，妳在花屋的宴席坐在我面前，也講過同樣的話，用同樣的手勢拍腰帶，當時我記得妳也說今年十九歲。如今過了二十年，妳今年應該三十九了。還說甚麼十幾歲咧，妳明年都四十了。四十歲還在穿小姑娘的寬袖和服，應該也穿夠本了無遺憾了。雖然妳身材嬌小看似年輕，但到現在還謊稱十九也太過分了吧。」風雅人也不禁粗野地扯高嗓門攻擊，女人不發一語，垂目合掌求饒。

「我又不是死人。別觸我霉頭了。拜我幹嘛。真掃興。還是喝酒吧。」男人拍手叫阿婆，阿婆早早察覺包廂內的尷尬氣氛，格外熱情地笑著跑進室內，

「哎喲，大老爺。恭喜恭喜。一定是個小少爺。」
「甚麼？」客人一臉疑惑。
「您還有閒情這麼問。您忘了府上夫人正在生產嗎？」
「啊，對了，生了嗎？」一切都變得莫名其妙。
「不是，那個我並不知道，只是剛才我用榻榻米占卜算了一卦，我告訴您，算三次都是同樣的結果，是男孩。我算命很準喔。恭喜老爺。」阿婆平伏在地道賀。
客人皺眉瞇起眼，
「哎呀，被妳這麼鄭重道賀我可不敢當。拿去，賞妳的。」說著又從錢包取出一枚金幣扔到阿婆膝頭。心裡很不是滋味。
阿婆恭恭敬敬收下金幣，
「哎喲，這可怎麼辦。新年還沒到就這樣喜事連連。仔細想來，今天黎明我作夢，夢見一千隻白鶴在天空飛舞，一萬隻烏龜在海中破浪游泳。」阿婆痴迷地抬起眼開始敘述，一邊把金子塞進腰帶之間，「我說的都是真的喔，老爺。等我醒來，我就一直惦記著，正覺得這夢特別神奇特別難得，老爺您就忽然從後門口走進來說要待在我這裡直到夫人生產，可見這個夢是吉兆，這一定是我平日虔誠信奉不動明王的果報吧，呵呵呵。」阿婆逮著這關鍵時刻拼命奉承。

這種奉承露骨得簡直令人聽了酸倒牙，因此客人徹底投降了，

「知道了、知道了。是很吉利。對了，有沒有甚麼吃的？」他不悅地撂下話。

「哎喲喂呀！」阿婆誇張地向後仰身做出驚訝的姿態，「我還擔心不合您的胃口呢，看來您很愛吃雞蛋，全都吃光了。就是因為這樣我才喜歡風雅人士。已經吃膩山珍海味的老爺，對這種東西似乎很稀奇。那麼，接著該拿甚麼招待您呢？鹽漬鮞魚子如何？」這道菜也同樣不費工夫。

「鹽漬鮞魚子？」客人面露悲痛。

「哎喲，我是想給夫人生產討個好彩頭才選鹽漬鮞魚子喔。妳說是吧，蕾姑娘。這可是好兆頭。這樣不是有點風雅的味道嗎？富家老爺最喜歡這種與眾不同的料理了。」阿婆撂下話就立刻離去。

客人的臉色益發難看了，

「剛才那個老太婆喊妳蕾姑娘，妳的名字叫做蕾嗎？」

「對，沒錯。」女人也豁出去了，很不客氣地回答。

「是那個花蕾的蕾嗎？」

「你很囉唆耶。講幾遍還不都一樣。你自己頭都禿了還好意思嫌棄別人。過分，太過分。」女人說著哭出來，邊哭還脫口說出露骨的話：「欸，你有錢嗎？」

客人嚇了一跳，

「有一點。」

「給我。」女人這時已經懶得再賣弄風騷。「我正缺錢呢。今年日子真的特別難過。把大女兒嫁出去後，本以為總算可以暫時安心了，結果你知道嗎，還不到一年吧，她就像乞丐婆似的抱著嬰兒，在四、五天之前回來找我，哭著說她丈夫拎著毛巾出門上澡堂，就此去了別的女人那裡一去不回，你說是不是很誇張。我女兒固然傻，但她老公也太狠心了吧。說甚麼出身教養特別好，那傢伙五官扁平，據說擅長寫俳諧之類的玩意，我打從一開始就不滿意，可是我女兒看上了，我也沒法子，只好答應他們成婚，沒想到他居然去一趟澡堂就再也不回家，簡直太糟蹋人了。這可不是鬧著玩的。我女兒今後帶著嬰兒到底該如何是好。」

「如此說來，妳連外孫都有了。」

「有的。」女人板著臉說得很肯定，猛然抬起頭時，神情淒厲。「請別小看我。我好歹也是人。有女兒，也有外孫。這沒甚麼好奇怪的吧。請給我錢。你不是說自己是大富翁嗎？」說著，女人臉頰抽搐詭異地笑了。

對風雅人士而言，那種笑容殺傷力太大。

「不，沒那麼誇張，不過一點點錢還是有的。」他慌張地從錢包取出最後一枚金幣扔過去，唉，這時候，我老婆大概正背對著討債的躺著裝死吧。只要有一枚金幣，至少可以看到三、四個討債人的笑臉，仔細想想，我幹了蠢事啊。後悔、恐懼與焦躁，令他忐忑不安，簡直生不如死，

「啊，太好了。老太婆算命說我會生兒子，太好了。這老太婆挺會說話的。」

他啞聲說，但阿蕾哼聲冷笑，

「多喝點酒放開懷找樂子吧。」她彷彿猜到一切，起身去取酒。

剩下客人一個人，心情黯淡又憂愁，鬱悶無處發洩，忍不住在苦悶下放了屁，

他覺得很沒意思，起身拉開紙門讓臭味散出去，

「恭喜呀喂呀啷滴噹。」他哼起莫名其妙的小曲，但心情還是鬱鬱寡歡，之後在三十九歲的阿蕾陪伴下拿茶碗大口灌酒，但兩人都越來越嚴肅，面面相覷發出嘆息，

「天還沒黑嗎？」

「別開玩笑了，現在連中午都不到。」

「天啊，白天也太漫長了。」

地獄的半天，等於龍宮千百年。他打了一個充滿水煮蛋氣味的嗝，無限悲愁，

「妳可以走了。我現在要小睡片刻。等我醒來，應該也生完孩子了。」此刻，他對自己的謊言報以苦笑，席地躺下，

「真的，妳走吧。別讓我再看到妳。」他用有氣無力的聲音祈求。

「好，我走。」阿蕾很鎮定，抓起客人餐盤上的鹽漬鮭魚子三兩口塞進嘴裡，

「我順便在這裡解決午餐。」她說。

客人閉上眼也睡不著，只覺自身似乎轉呀轉的要被捲入巨大的漩渦底層，翻來翻去輾轉難眠，當他不禁念誦南無阿彌陀佛時，走廊響起粗魯的腳步聲，

「啊，原來你在這裡。」二個打扮似學徒的年輕人衝進房間，「老兄，你也太不夠意思了吧。我們猜你肯定在這一帶，挨家挨戶打聽，費了好大的功夫。如果真的沒錢我們也不會逼你，可你既然有錢在這逍遙玩樂，好歹也得給我們一點。呃，今年的帳單總共是——」說著遞上帳單，把他拽起來，圍著他小聲談判一陣後，把他錢包的碎銀搜刮精光，又拿走他的金綠色外套與白柄佩刀，甚至連身上的衣服都逼他脫下，二個年輕人各自拿包袱巾包起，「剩下的限你正月五日結清。」撂下話後，二人匆匆揚長而去。

風雅人士全身只剩一條內褲，詭異地冷笑，「當初都是因為朋友哭著懇求，我才蓋章替他作保，沒想到朋友破產了，連我都受到拖累。所以人家說『可以借錢但絕不能蓋章』就是這個道理。總之除夕這天會發生各種意外。現在我這個樣子也出不了門。就讓我在這睡到天黑再說吧。」說完又難堪地假睡，喃喃念著陰陽循環否極泰來，和自家妻子一樣做出裝死的樣子。

廚房那邊，阿婆與阿蕾議論著「就連所謂的笨蛋，至少都比他有救」，二人哈哈大笑。從前在大阪一帶，據說有很多這樣的風雅人物和黑心茶室，這是昔日同樣曾為大阪風雅人物的某人憶往述懷之言。

《世間胸算用》，卷二之二，〈天下沒有白說的謊言〉

遊興戒

以前在關西有三個風流人物吉郎兵衛、六右衛門、甚太夫，年紀輕輕，家裡有錢，父母溺愛，長得也一表人才，而且也不是笨得無藥可救的傻子。三人相約四處遊玩，逐漸對關西的玩樂方式感到溫吞乏味，風聞東部生挖馬眼的血腥遊戲深為憧憬，遂於某年秋風吹起的時節啟程前往江戶，途中嘻嘻哈哈也不急著趕路，沿路還天不怕地不怕胡說八道：「不過這世上果真無美女，膚色白的卻是塌鼻子，眉毛漂亮的下巴卻太短，與其被這種女人喜歡，我寧可被討厭，真想被狠狠地無情拋棄一次啊。」就這麼抵達江戶，四處遊覽之下，並未看到甚麼生挖馬眼的血腥景象，江戶這地方果然也是看錢，只要有錢不管去哪都被奉為上賓，讓三人很失望，看來江戶也沒啥可怕的，難道就沒有特別邪惡蠱惑人的玩意嗎？三人將手揣在懷中意興闌珊，從上野黑門往池端的方向漫步，在市右衛門開的「真鍮屋」這個當時著名的金魚店門口驀然駐足，探頭朝中庭一看，只見整齊排列著七、八十個水槽，每個水槽中都有清水流動，水底飄蕩綠藻，金魚、銀魚穿過水草閃爍鱗片光芒，其中也有尾鰭長達五寸以上的魚。即便是自大囂張的三人，也天真地瞪圓了眼為那種美景嘖嘖稱奇，叫嚷著在此發現了日本第一美人，再仔細一看，那些金魚要價五兩、十兩貴得離譜，卻陸續有人毫不殺價就面不改色地買走，江戶果然不一樣，關西那邊絕無這種事，那種十兩的金魚是武士家小少爺的玩具嗎？或許養了三天就被貓吃掉，即便如此也不會格外氣惱，頂多來這間店重買一條？武藏野[1]如此遼闊，今天終於對江戶刮目相看了。三人紛紛說出任性的感想，單純地感到興奮，只覺光是看到這個，來江戶一趟已值回票價，回關西後也有了好話題可以告訴別人。正當三人開心地相視點頭時，一名裝扮卑賤的矮小男人拿著小桶與小網快步來到店裡，對著金魚店的掌櫃點頭哈腰諂媚陪笑。朝小桶一看，裡面有無數孑孓蠕動游泳。

「是金魚的飼料吧。」三人之一掃興地嘟囔。

「是飼料。」另一人嘆氣說。

他們忽然意興闌珊地變得很嚴肅。有人不當一回事地以一尾十兩的天價買下無用的金魚，另一方面，也有人靠著販賣金魚吃的孑孓窮酸過日子。江戶果然是個深不可測的可怕地方。不知民間疾苦的三個花花公子，此刻都不勝感慨。

1 武藏野，現在的東京都與埼玉縣這片廣大台地。

裝滿小桶的孑孓，只賣了二十五文，即便如此矮小男人還是很高興，就連面對金魚店的男僕都卑微地殷勤討好一番才匆匆離去。目送男人的背影走遠，其中一人忽然說，「咦，那不是利左嗎？」讓另外二人大吃一驚。

利左衛門號稱月夜利左，緋聞廣為人知，可想而知外貌俊俏又多金，昔日和這三個花花公子並稱四大天王，幾年前替青樓名妓吉州贖身，從此消失蹤影，三人本來還不敢相信，可是越看越像是他。

「就是利左沒錯。」其中一人斬釘截鐵斷定，「利左打從以前就有走路時右肩略微聳起的毛病，某個女人非說那種姿勢風流瀟灑，還一再慫恿我也聳起右肩走路讓我很無言。那肯定就是利左。我們快去叫住他。」

三人跑過去，抓住賣孑孓的一看，可悲啊，沒想到真是淪落到此地步的利左。

「利左，你太不夠意思了。我的確也曾喜歡過吉州，但你何必如此，我又沒有怪你。這樣默默消失，豈不是太見外了。」吉郎兵衛說。

「是啊、是啊。不管有甚麼傷心事，好歹跟我們打聲招呼再走才是正理。遇到困難時就該互相幫助。只會在茶室喝酒吵鬧算甚麼朋友。看你這樣衣衫襤褸，這還是那個風流瀟灑的月夜利左嗎？要是你早點知會我們一聲，也不至於弄到這種地步了，賣子孓也太遜了吧。」甚太夫也邊罵他邊流淚。

六右衛門一臉明理的樣子，拍著利左衛門瘦削的肩膀豪爽地打包票，

「不過利左，能見到你太好了。我們都很擔心你去哪了。自從你消失後，我們可寂寞了。在關西那邊玩樂也變得沒意思，所以才跑來江戶，但是少了你同行，不管玩甚麼都很乏味。能在此相遇是難得的運氣。怎麼樣，現在就和我們一起回京都，繼續像以前那樣四人一起玩個痛快吧？錢的事情你不用擔心。恕我說句大話，有我們三人撐腰你還怕甚麼。我們會罩你一輩子。」

但利左只是臉色慘白地冷笑一聲，把頭撇開說，

「講得倒好聽。你們有那個本事照顧別人嗎？你們是專程從京都來嘲笑我嗎？那真是辛苦你們了。我做這個是我心甘情願的。拜託你們別管我。玩樂到最後都會是這個下場。哼，你們也一樣，還不知明天會發生甚麼事呢。甚麼罩我一輩子別笑死人了。不過看在昔日交情的份上，我就請你們喝一碗江戶的濁酒吧。我就算落魄也不需要你們請客。想喝酒的話就跟我來。哈哈哈！」利左虛張聲勢地大笑，拎著

小桶大步前行。三人尷尬地面面相覷，還是決定先跟著利左再說，利左大搖大擺走進破舊骯髒的小酒館，把錢包開口向下搖晃，

「老闆，我就這麼多錢。要請老朋友喝酒。來四碗。」說著，自以為展現一如往昔的大方，把剛拿到的二十五文錢全部扔出去。在門口探頭探腦的三人黯然想：唉，利左的妻子大概正指望那筆錢買米煮晚飯，此刻洗好了鍋子翹首以盼吧，利左雖然落魄了，卻因無聊的意氣用事死要面子，他或許以為表現了自己的大方，其實很可憐哪。

「喂，你們別磨蹭了，過來坐下喝酒。用茶碗大口喝酒的風味也很難忘喔。」

利左撇嘴苦笑，一邊故意粗俗地牛飲，喝完用手背用力抹嘴，低吟「啊，好喝」，聽來倒也不全然是假話。三人也畏畏縮縮在店內角落坐下，拿起有缺口的茶碗默默乾杯，有點醉意之後，說話也變得無所顧忌，

「對了利左，你到現在還和吉州在一起？」

「你他娘的甚麼叫做『到現在還』！」利左言詞粗魯地質問，「太不識相了吧。講話給我注意點！」說著，立刻又彆扭地冷笑，「就是因為那女人，我才會變

成賣子了的。我說這些話可是為你們好，你們也趁早收收心別再去茶室花天酒地了。就算是號稱京都第一美女的女人，當成插花欣賞也只能擺個三天就會枯萎。她現在成了住大雜院的老媽子，一個月不洗澡都無所謂。」

「你們有孩子嗎？」

「那還用說。別問這種蠢問題好嗎。有個長得不像他老爹倒像是猴子的四歲兒子，就像天生的窮苦人家小孩，整天在大雜院玩得很自在。要帶你們去看看嗎？或許可以讓你們引以為戒喔。」

「帶我們去你家吧。我也想見吉州。」吉郎兵衛吐露真心話。利左的臉上浮現詭異的微笑，

「等你看到她，一定會很失望。」他說著，踉蹌走出小酒館。

谷中地區的秋日黃昏很淒涼，徒有江戶之名，這一帶卻是大片竹林，風吹過沙沙作響，走到不聞鶯啼宛轉唯有麻雀吱喳的初音町外圍，穿過黑暗潮濕的小巷，任由水滴落在額頭，跨越南瓜藤蔓，牽牛花連尖端的葉片都已枯萎，髒兮兮地巴在籬笆上。有個阿婆正逐一採集種子，看起來已高齡八十幾了，別說是明年就連有沒有

明天都很難說，卻渾然忘記衰老，嘀咕著「把種子種下明年又可賞花」，這種貪心令三人不禁面面相覷目瞪口呆。唯有利左不以為意，略微彎腰說，「阿婆，那個牽牛花種子也給我家一、兩個好嗎，好像變陰天了，真是傷腦筋呢。」和鄰居阿婆言不及義地寒暄閒聊後，鑽過細繩綁的陰乾菸草下方走到盡頭的草屋，一個四歲男孩從窗口喊著，「啊呀，爹爹帶錢錢回來了。」三人頓時心生憐憫不敢再上前。利左強裝若無其事，

「到了，就是這家。如果你們三人都進去就沒地方坐了。」他笑言，「喂，有客人來了。」他呼喚妻子，屋內有人細聲細氣說：

「三位客人中的伊豆屋吉郎兵衛先生請回吧。畢竟昔日曾蒙那位多情眷顧。」

吉郎兵衛結結巴巴說，

「不是，妳這樣太見外了吧。過去的事就讓它都過去。」

利左也苦澀地笑了，

「是啊、是啊。大雜院的老媽子還談甚麼狗屁情愛。妳別給自己臉上貼金了。」

他用尖酸的語氣說著，打開搖搖欲墜的破門邀請三人入內，「我家可沒有坐墊這種

高雅的玩意。頂多只能請你們喝杯茶。」

妻子臉色鐵青，匆匆合攏破衣服的下襬側坐，撩起亂髮，仰頭看著三人笑了一下，小聲驚呼「哎呀」，甚至忘了行禮。丈夫忙碌地在狹小的室內走來走去，把佛壇兩扇門中歪掉的那扇拽下來，拿菜刀劈開當柴火，用小炭爐生火煮茶。至於剛才從窗口露臉的小孩，不知幾時已裹著房間角落的一條被子躺臥。看樣子應該是光著身子，只見他嘴唇發紫，渾身冷得直哆嗦。

「小弟弟好像很冷。」一名客人不禁脫口而出，妻子坐著扭頭望向孩子，若無其事說，「是他自己不肯穿衣服。這是他的怪癖，給他穿上也會被他立刻脫掉，就那樣光著睡。大概是年紀小愛作怪。」

但孩子忽然哭出來，

「騙人、騙人。我剛才掉進水溝，沒衣服可換，所以媽媽才叫我這樣躺著等衣服烘乾。」

妻子雖是堅強的女人，到這時也忍不住，也不管客人還在就哭倒在地。丈夫假裝被炭爐的煙燻到趁機揉眼睛。三個客人不知所措，默默使眼色準備離開，匆匆道別就套上草鞋出了門，小聲商量之後，把三人身上所有的金子，包括三十八枚金幣和七十塊零錢都堆在門口的小碟子上，躡手躡腳地悄悄離去。走出狹小的巷弄，三人不約而同長嘆一口氣，就在這時，背後響起利左的聲音：

「別瞧不起人！」

三人吃驚地回頭一看，利左衛門拿著放金子的小碟氣喘吁吁追來，「來到別人家，連茶也不喝就走，還把這種狗屎似的玩意扔在我家門口，你們這些連人情往來都不懂的鼻涕小鬼！好大的膽子，竟敢瞧不起我月夜利左！我永遠不想再看到你們色瞇瞇的嘴臉。把這個拿走，趕快滾！」他說著眼色一變，怒吼一聲「別瞧不起人」就把那個小碟子狠狠摔到地上，轉眼消失在小巷的暮色中。

「唉，真倒楣。」吉郎兵衛抹去冷汗，「不過話說回來，吉州也成了黃臉婆。」

「色即是空啊。」甚太夫嘲笑他。

「的確，」吉郎兵衛毫無笑意地嘆息，「我決定從今天起不再玩樂了。我親眼見到真人版的《卒塔婆小町》[2]。」

「看了都想出家呢。」六右衛門自言自語，「剛才我還以為會被殺死。落魄的昔日老友最可怕。就算在路上遇見，或許也該打消主動叫住對方的念頭。之前是誰先叫住他的？」

「不是我喔。」吉郎兵衛噘嘴說，「我只是想見吉州一面，所以才——」他詞窮了。

「就是你。」甚太夫用冷靜的口吻說，「是你第一個跑過去，第一個出聲叫住他，而且還沒事找事地叫他帶我們去他家，這不都是你幹的好事嗎？看來你該戒除好色的念頭。」

「我錯了。」吉郎兵衛老實道歉，「從今以後我再也不花天酒地。」

「既然要洗心革面，何不順便把你腳邊散落的金子也撿起來。」六右衛門有氣沒地方發遂遷怒於他，「這可是天下至寶。以前青砥左衛門尉藤綱大人——」

「『過滑川的時候』，對吧？知道了、知道了，當我是工地的工人嗎。我找就是了，我撿就是了。」吉郎兵衛撩起衣襬塞進腰帶，趴在昏暗的地上四處撿拾金幣和

2《卒塔婆小町》，能樂作品，作者為觀阿彌。描述高野山僧人偶見枯瘦的老乞丐婆大不敬地坐在卒塔婆（象徵性的木片式佛塔）歇腳，責問之下才知對方竟是昔日才貌雙全的美女小野小町。

零錢，「這樣一一撿拾，倒讓我明白了金錢的可貴。你們也過來幫忙撿撿看。心情會變得很肅穆喔。」

放蕩的三人看了昔日的酒肉朋友利左寒酸的生活現況後，似乎倒盡胃口再也無心冶遊，臉色略顯凝重地回到旅館。翌日神情嚴肅地四處參拜江戶的神社寺廟，就在決定啟程回京都的前夕，託旅館的人送了大筆金子去谷中的利左家，並且特別再三叮囑如果那家的主人不肯收，就悄悄塞給太太。跑腿的人過了一會神色愧疚地回來說，去了三人吩咐的那戶人家，但據說那家人昨天去鄉下了，即使四處向鄰居打聽，也沒問出來他們究竟去了何處。三人聽了之後想到利左的下場，事到如今仍不禁毛骨悚然，也反省自身，唉，從此絕對不貪玩了。三人莫名其妙地流淚立誓，眼看天氣益發寒冷，北風呼嘯而過，他們沿著東海道加速趕路，各自回到家之後，判若兩人地變成節儉且事事謹慎的人，據說連花街柳巷都因此蕭條了一陣子，本篇實乃遊興也當適可而止之戒。

《西鶴置土產》，卷二之二，〈人亦如子孓〉

吉野山[1]

您好。一別之後許久未見。聽說您有了兒子，在此深表慶賀。此乃家運昌隆之兆，著實令人羨慕。府上闔家致力振興家業，晚餐後的團聚時光想必格外溫馨。今年正月新年適逢小公子誕生堪稱雙喜臨門，京都的初春想必亦覺稱心如意，闔府笑聲洋溢，昔日舊友也齊聚一堂，共飲京都極品美酒，這是京都商家生活的樂趣。

說到這點，諸位聊起我這個前年一時衝動出家，改名眼夢遁入吉野山深處的九平太此刻的處境，想必成了在座諸位的笑柄吧。我這麼說並非要諷刺。眼夢，正如字面所示，如今我深深後悔莽撞地出家遁世，在寒冬中渾身哆嗦地坐在吉野庵室。仔細想想，我的遁世毫無意義，徒然讓父母手足傷心，當日你們這些好友紛紛勸我打消無用的念頭，但被人阻止反而更讓我執拗地更堅持出家遁世，「別攔我，別攔我，我已厭倦浮世，以為櫻花明日在，或許今夜狂風散」[2]，我如此叫喚著剃了髮。之後立刻悄悄照鏡子，發現自己一點也不適合剃光頭，和我以前最輕蔑的橫巷的蒙古大夫珍齋一模一樣，而且這時才發現，原來我頭上到處都有小塊圓形禿，讓我看了就煩，其實打從這時我就已有點後悔了。既然說出實話那就順便把我出家遁世的動機也坦白道出吧。雖然有幸加入你們一同去茶室玩樂，但我始終不曾受到女人青睞，可我又愛玩，看到你們樂在其中的樣子，我心想今晚一定要來場豔遇，打腫臉充胖子地偷拿店裡的錢，然後主動邀約你們，結果還是只有我不受青睞，付帳的卻每次都是我，這種冤大頭的待遇，某晚終於讓我自暴自棄豁出去，對女人說，「男人好歹得被女人甩過才有出息。」不料那女人居然老實點頭同意，用似乎真心很感嘆的語氣說，「你這種心態的確很重要」，讓我很沒面子，大喝一聲「沒禮貌」就使勁揍她，也因此當下頓感諸行無常，覺悟自己必須出家。今日仔細想想不由獨自苦笑，像我這樣粗鄙貪婪又喜歡強詞奪理的男人，怎麼可能被年輕的茶室女郎看上，早知如此還不如乖乖聽我爹的勸告娶個鄉下女人。

說到山中獨居生活，簡直不便到難以形容的地步，煮飯可以排遣心情所以倒還能忍耐，但內衣破了也得自己盤腿坐著縫補，還得蹲在井邊洗兜襠布，比掃廁所更

1　吉野山，位於奈良縣中部，吉野町南部的山脈。山中多古蹟，也有許多神社寺廟，自古以來便是修行聖地，也是賞櫻的名勝景點。

2　出自《親鸞聖人繪詞傳》。親鸞聖人九歲時決心剃髮出家，有人憐其年幼，勸說今夜時間已晚不如明日再剃度，親鸞聖人遂詠出這首和歌。

悲哀，縱使肅穆地念經，問題是念經這碼事如果沒有聽眾就會毫無幹勁，立刻覺得無聊，甚至獨自笑出來，就此作罷。即使起身遠眺吉野山的冬日景色，也和京人悠哉歌詠的「大雪紛飛疑似花」、「春日難見雪花開」[3]不同，雪就只是雪，非常寒冷，那個該死的撒謊歌人！我越想越生氣。天氣這麼冷，只穿一件僧衣實在熬不住，於是在僧衣外又罩上棉袍，脖子圍上狗皮，光頭也很冷，因此無論睡時或醒時都包著頭巾。這塊狗皮，是住在山下的村人謊稱熊皮哄我以高價買下的，但是尾巴特別長且摻有白毛，我懷疑是黑白花狗身上的皮，事後找村人理論，但對方說白色的部分是熊胸前的白色新月形斑紋，只是有些熊的白毛長到屁股上。簡直誇張得令我無言。這個山下的村人真的很可惡，動輒就哄騙我上當。若以為醒悟諸行無常避世而居的人就不需要錢那是大錯特錯，村人送來的白米、味噌索價極為昂貴，可我若嫌貴，對方就會勃然大怒，立刻作勢要將貨品帶回去，還自言自語說甚麼「我以為出家人肯定不方便，才特地花費一天時間搬重物來這種深山野嶺，既然不領情那我也沒法子」云云。我如果沒這些吃的必然只有餓死一途，況且我知道即便下山委託其他村人，他們肯定也會同樣獅子大開口，因此不得不委屈買下那些昂貴的白米與味噌。山上有很多樹果與草果，我本以為隨心所欲採摘野果悠然生活就是山居樂趣，但正如有句俗話，「傳聞中的天堂，親眼見的地獄」，這一帶的山野都是有主人的，今年秋天我不小心摘了兩、三朵松茸，差點被山裡的守衛活活打死。這座小庵也是，附近栗子林有守衛的小屋，我花了大錢租下，只有庵後五坪大的菜園可供我自由使用，青菜如果花錢買也很貴，因此我請求村人以低價分給我一些白蘿蔔與胡蘿蔔的種子，撒在這庵後五坪大的地裡。說這種殺風景的話實在很抱歉，但出家人也得把衣襬塞進腰帶拿起長柄杓澆糞施肥，蔬菜採收後為了準備過冬，還得在簷廊下方挖個大地窖儲存，眼前雖然一眼望去是整片蔥鬱樹林，可我如果不向村人購買木柴就會遭到白眼相向，來到此地頓時飽嘗世間辛酸，令我已經弄不清當初究竟為何非要出家遁世。我作夢也沒想到出家竟然如此花錢，根本沒帶那麼多錢來，因此手頭越來越緊，不知有多少次想要下山。然而，綜觀古今似乎還沒有哪個看破紅塵的出家人，又傻乎乎重回俗世向父母哭訴道歉的例子，況且別看我這樣，好歹

3 皆出自《古今和歌集》卷六的〈冬歌〉，作者為紀貫之。

還有一點羞恥心與骨氣，更何況就算我想離開此地，之前各項開銷已欠了村人不少錢，單是要歸還目前使用的寢具與廚具恐怕就會引起金錢糾紛，因此我無法斷然下定決心下山。不過這麼說只是稍微好聽點，其實還有另一個原因讓我無法現在立刻下山。

我在京都的家中有個高齡八十八的奶奶，她珍藏了一百兩私房錢，大約二十年前放進一個小茶壺蓋上蓋子密封，而院子樹叢深處三棵並排的杉樹下方，有座自古以來大宅代代相傳的小型稻荷神社，神社的邊緣下方有塊大如盆子的扁平石頭，她就把茶壺埋在那塊石頭底下，從早到晚要檢查三次，再加上睡前一次，每天總共會拄著竹杖假裝巡視院子去檢查四次，每次都兩眼炯炯有神偷偷掃向那樹叢深處，確認藏錢的地方是否安全。我才五、六歲時，頗受奶奶疼愛，而且她看我還是小孩大概也沒提防我，某日把我帶去樹叢深處，指著那地板下方的石頭啞聲說：「那底下有一百兩喔，孝順奶奶的人可以分一半，不不不，可以分到十分之一。」從此我就一直惦記著藏在那石頭底下的錢，二十年後跟著你們學會吃喝玩樂，頓時很缺錢，於是起了歹念，終於在某晚藉著月光挖開那石頭下方，順利發現茶壺，從中偷走三十兩，然後又把茶壺照舊埋回去，再把石頭放回去，之後有一陣子深怕奶奶發現，提心吊膽的連飯都吃不下去，拜天拜地只求神明保佑我平安無事。結果奶奶大概是年紀大了，就算那樣利眼掃射似乎也無法看穿石頭下方，每天檢查四次都是神色安然地回來，於是我也逐漸放大膽子，之後不時又去偷個十兩、二十兩，等到我醒悟世事無常剃髮出家時，又順手把茶壺剩下的錢全部帶走，因此只要奶奶還活著，我就害怕得無法回家。奶奶想必還沒發現那個茶壺裡已經空空如也，至今依然一天去巡視四次，如果她在毫不知情的情況下猝死，那對她也比較幸福，我的罪行也能永遠不被發現，屆時我就可以放心大膽地回家了。不過，以奶奶那種活力，肯定會活到一百歲，況且說不定她還沒猝死，我這個孫兒已經先在山裡活活凍死了。

我越想就越徬徨不安。逐一回想以前一起玩樂的朋友或早上泡澡認識的人，還有當鋪的伙計、出入家中的木匠，乃至轎夫九郎助，總之只要想得起名字，我就通通寫信給對方描述吉野山的櫻花盛開有多麼漂亮，也不說「放眼盡是櫻花海，山邊有花似白雲」[4]這首古人的和歌是誰寫的，就像是自己的傑作似的故作隨意地寫

4　此句為平安時代末期至鎌倉時代初期的僧侶西行法師所作。

上，信末必然附帶一句「有空請過來玩」，又用古人的和歌「吉野山櫻散盡時，可有人待我出山」[5]這種暗示性作結語，一天連寫兩、三封信拜託村人送去京都。自己的真實心境說來可笑，其實是「吉野山櫻散盡時，請來把我接回去」，我自己反省之後只能苦笑，然而，我認為即使是這種可悲的謊言也是出家的忍辱修行，照舊寫信給各方好友強調吉野山的逍遙安逸生活。結果我等了又等，不僅沒有任何人來訪，甚至無人回信，那個轎夫九郎助，虧我以前給了他那麼多小費，他曾信誓旦旦說不管去哪都願意追隨我，如果我死了他也絕不獨活，結果我寫了那麼客氣的信給他，他居然連隻字片語的回音都沒有，也太無情了吧。不只是九郎助，以前那些玩伴拼命誇獎我大方、誠實、可靠，結果怎麼著，我一出家，他們就此斷絕音訊，大概是因為我現在已經沒有利用價值了，所以就立刻對我不屑一顧，但這樣也未免太露骨太無情了吧。我沒想到會這樣被大家排擠。我到底做錯了甚麼？就算我偷了奶奶的私房錢，那也是我家的家務事，況且我認為挖出埋在地下的財寶在世間活用，如果換個角度看完全可以說是值得嘉獎的行為。更何況，醒悟諸行無常出家遁世是高尚的行為，古時候的大人物多半這麼做過。這點最起碼的道理大家應該也知道。可他們竟然瞧不起我，想排擠我。那樣太過分了。我絕非下流的男人。正打算今後好好用功學習。出家是高貴的行為。不該被輕視，我希望大家不要拋棄我，繼續和我來往。偶爾也請寫信給我。我寫了那麼多信叫大家來玩，所以我想或許會有誰光臨，天天空虛地引頸期待，聽到落葉被風吹落掃過地上的聲音，就懷疑是京都來人的腳步聲，飛也似的衝到門外，望著蕭條的冬日樹林嘆息，晚上早早就寢，聽見風吹動遮雨板，就懷疑是父母從家裡派人來接我，抱著無盡的空虛期待匆匆打開遮雨板一看，只見寒月皎潔高掛天上，唯我仍如故[6]。我衷心念誦南無阿彌陀佛，把被子翻面蓋上就寢據說便可夢見心上人，所以我想這麼寂寞的夜晚正適合這麼做，問題是我並無固定的戀人，雖說思念誰都可以，但是想到不知會夢見誰出現，便覺著實荒謬可笑，在漆黑的深夜中獨自吃吃笑了出來。萬一夢到奶奶出現那就慘

---

5 此句也是西行法師所作，寫此歌時已隱居吉野山中修行，但雖藉此詩向眾人告別，卻又微妙地期待他日若離山入世是否仍有人等待他。

6 出自《古今和歌集》，作者為在原業平，原詩是「月已非舊月，春亦非昨春，唯我仍如故，思念舊時人」。

了。這麼無趣的夜晚，要是有酒就好了，可這一帶的本地酒異樣發酸，喝了會反胃，而且非常昂貴，令我很不滿，十天一次買個五合將就著解解饞。這些山里村夫特別貪婪，山下的溪流有香魚悠游，我雖是出家人，但偶爾不吃點葷腥會營養不良瘦骨支離，四肢也會發軟無力，所以我使盡各種方法想捕幾條魚來吃，但香魚畢竟是生物，動作相當迅速，笨拙的我就是捉不到。我這種徒勞的模樣被村人撞見，村人識破我是六根不淨的酒肉和尚，於是逮著我這個把柄，奸笑著拿來串烤香魚，索求貴得嚇人的費用。我已經被此地村民徹底當傻子耍，他們毫不客氣地捲走我的錢，把狗皮當成熊皮逼我買下，日前甚至把磨臼倒扣過來拿來，聲稱是富士山擺飾，最適合放在出家人的壁龕，要便宜賣給我。他們實在太欺負人，氣得我痛哭流涕。

說到這個，我急需用錢，這時候彩券應該已公布中獎號碼了，我記得我那張彩券的號碼是伊字六百八十九號。不知中獎了沒有。我把那張彩券藏在我京都家裡的房間柱子下方的木孔中，我想拜託你，去我家假裝找我爹有事，趁機潛入我房間，用手指伸進柱子下方的洞中找出彩券，替我確認一下中獎了沒有。但願中了就好。

我猜應該是沒中，不過，為了謹慎起見還是請你確認一下。順便拜託你去橋那頭的當鋪，把我當初以一兩價錢典押在那裡的二寸高小觀音像贖回來好嗎？其他的東西流當也沒關係。唯獨那尊觀音像，請務必替我贖回。那是我小時候奶奶給我當作護身符，以珊瑚雕刻而成，所以一兩其實太便宜了。贖回之後，請以二十兩賣給骨董店的佐兵衛。佐兵衛說過隨時願意以二十兩買下那個。順便在我的房間西北角的榻榻米下還藏著一幅畫，請你把那個也拿去給佐兵衛。那幅畫本來貼在茶室的枕邊小屏風上，我因為被茶室女郎冷落一時氣不過，偷偷撕下帶回家。我判斷應該是雪舟的作品，但也可能是贗品。總之請你拿給佐兵衛看，然後憑你的精明，以適當的價格賣給他。就算是贗品，看起來也是不錯的裝飾品，所以請你試著抬價到五十兩。如果賣掉了，還要麻煩你連同觀音像的錢一起立刻給我寄過來。這次也給你增添不少麻煩，所以我想送你一件條紋大褂當作謝禮。那件大褂現在在九郎助那裡，是有點風雅的條紋花色，內裡的絹布也很高級。九郎助雖是轎夫卻很愛漂亮，很想穿那件大褂，所以我暫時借給他，他就一直沒還給我。我絕對沒有送給他，所以請你從九郎助那裡取回自己穿。九郎助太忘恩負義，我打算好好教訓他一頓。所以你不用客氣，儘管從九郎助那裡拿走。你的膚色白，我想穿上那件大褂一定會很好看。我太黑了，穿那件大褂完全不適合。本以為至少有僧衣適合我，沒想到由於我的肩膀太寬，看起來就像弁慶那種野蠻的武僧，倒像是面善心惡的範本，總之一切都很無趣，雖已出家卻還想出家遁世，自己也莫名其妙，只覺得無聊得要死。

「可嘆浮世情，不知如何避，隱居吉野奧，猶言我心憂。」7

盼你能體會這首和歌的心境，不過事實上這也不是我寫的，最近我已分不清是別人的東西還是我自己的，出家遁世以來我已傷痕累累。這次非常莽撞的遁世，還請你憐憫，別忘記關於彩券與觀音像，還有那幅畫的託付，也請代向昔日玩伴們問好，陽春時節亟盼諸位能連袂來吉野山一遊，在此衷心靜候。頓首再拜。

《萬文反古》，卷五之四，〈櫻花吉野山難熬的冬天〉

7 此首和歌為鎌倉幕府第三代征夷大將軍源實朝所作。

御伽草紙

作　　者　太宰治
譯　　者　劉子倩
主　　編　呂佳昀

總 編 輯　李映慧
執 行 長　陳旭華（steve@bookrep.com.tw）

社　　長　郭重興
發行人兼出版總監　曾大福
出　　版　大牌出版 / 遠足文化事業股份有限公司
發　　行　遠足文化事業股份有限公司
地　　址　23141 新北市新店區民權路108-2號9樓
電　　話　+886-2-2218-1417
傳　　真　+886-2-8667-1851

印務協理　江域平
封面設計　朱疋
排　　版　新鑫電腦排版工作室
印　　製　成陽印刷股份有限公司
法律顧問　華洋法律事務所 蘇文生律師

定　　價　380 元
初　　版　2020年4月
二　　版　2022年7月

電子書 EISBN
ISBN：9786267102657 (EPUB)
ISBN：9786267102664 (PDF)

國家圖書館出版品預行編目資料

御伽草紙 / 太宰治 作 ; 劉子倩 譯. -- 二版. -- 新北市 : 大牌出版 : 遠足文化事業股份有限公司發行, 2022.07
面；　公分

ISBN 978-626-7102-68-8 (平裝)

861.57　　111007732